世说乾隆
——美人吟

瑾莼 ◎ 著

北京燕山出版社
BEIJING YANSHAN PRESS

图书在版编目（CIP）数据

世说乾隆：美人吟 / 瑾莼著. -- 北京：北京燕山出版社，2017.4
ISBN 978-7-5402-4537-5

Ⅰ．①世… Ⅱ．①瑾… Ⅲ．①长篇小说－中国－当代 Ⅳ．① I247.5

中国版本图书馆CIP数据核字（2017）第103103号

世说乾隆

作　　者	瑾　莼
责任编辑	金贝伦　王　迪
设　　计	展　华
责任校对	张瑞武
出版发行	北京燕山出版社
地　　址	北京市西城区陶然亭路53号
电　　话	010-65240430
邮　　编	100054
印　　刷	北京京海印刷厂
开　　本	889mm×1194mm　1/32
字　　数	120千字
印　　张	7.75
版　　次	2017年7月第1版
印　　次	2017年7月第1次印刷
定　　价	28.00元
出版发行	北京燕山出版社

版权所有　盗版必究

序

《世说乾隆——美人吟》的作者瑾莼小姐,是我认识多年的朋友。

她是一位率性美丽的女孩,永远是开朗面对人生的晴天或是阴天。

现在,她执笔的处女作《世说乾隆——美人吟》就要出版了,我为她感到由衷的高兴,也祝贺她能够做自己喜欢的美事,并且能够做出自己的有特色有个性的清新成绩。

因为时间关系,我匆匆浏览了一遍这部发生在清朝乾隆时代的小说。这是一部值得一看的小说。说这部小说值得潜心一阅,一方面是清丽的美女作者在每页的字里行间,展现了自己深厚而丰富的文学修养,让人掩卷而浮想作者怡然独立的西子情怀(作者是生长在有"人间天堂"之称的杭州人);而另一方面,是这部小说非同一般的艺术形式与内容。

首先,作者跳出了一般描写乾隆的作品的宫廷戏模式,把抒情的笔墨从以往的宫廷戏的勾心斗角中移开,以自然的随性的文笔,淡定而舒畅地展开从北京皇宫到江南杭州、从九五至尊的皇帝到才情温婉的江南小女子、从万国来朝的宏大国策到

一碗美味无比的西湖莼菜汤，作者笔墨轻点，或浓或淡，举重若轻，娓娓道来。

其次，这本小说继承了中国传统小说话本的诗趣抒情特色。作者瑾莼小姐以心作文，潜心创作了一首首原创的诗句或小曲，并且都巧妙地以小说中的美人们通过吟诗吟曲，来表达爱的美感、生活的美感、艺术的美感。单单从这个令人惊喜的特色来说，是完全超越了一般的漫画式的清朝宫廷戏或小说及电视剧，让读者不再纠缠于所谓的办公室政治斗争或是各种派系之争。这是当代美女作家送给当代小说界的一股清新的美之风韵。

最后，我要说的是，作者瑾莼小姐的内心也是一位热爱家乡的纯朴女孩。她写下了不同的乾隆帝，写出了乾隆帝不同的江南烟雨情（他个人情感上偶遇了来自钱塘的美丽代嫔），更饶有兴味地写出了与钱塘西湖莼菜有关的那些美味的事。为此，作者还深入研究了西湖莼菜作为杭州特产之一，历史记载乾隆帝每逢下江南必点西湖莼菜汤。

今天的世界已经进入了互联网和移动互联网时代，但是丰富的人性依然有其古往今来的一脉相承性。凝结了无数个夜晚的巧思和爱的情迷，这部不一定完美但是一定包含着真心与真情的美的小说，一定会吸引和慰藉那有缘的读者。心与心应，如沐春风。

2017 年 3 月 9 日读者

目录
CONTENTS

自序 1
卷一　重华宫曲宴 5
卷二　凤旨如意 17
卷三　海外白银 23
卷四　朝廷物资流通 30
卷五　白鹿洞名媛 40
卷六　斗诗 50
卷七　西国清水珠 57
卷八　顶水舞乐 68
卷九　五族人 73
卷十　巡狩归来 80
卷十一　江南寻宝 86
卷十二　瀑布命案 95
卷十三　劫难重生 105
卷十四　献宝 111
卷十五　浴水 115
卷十六　莼菜之药用 123

卷十七	下江南	129
卷十八	美人初见	136
卷十九	御赐"西湖莼菜"匾	143
卷二十	后宫泄密	149
卷二十一	情满衣绣	152
卷二十二	玉粒金莼龙凤图	158
卷二十三	钱塘地位	162
卷二十四	无味	167
卷二十五	情归何处	173
卷二十六	生死一线	181
卷二十七	回马醋	187
卷二十八	东国秘方	193
卷二十九	移动朝廷	205
卷三十	龙游钱塘	208
卷三十一	明圣一梦	213
卷三十二	万民来朝	218
卷三十三	水中人参	228
卷三十四	多重身份	232
卷三十五	大结局再重华	235

自 序

——瑾莼《世说乾隆——美人吟》

窈月飞宫阙,云曼弄霓裳;千山环明圣,万水思瀛洲。琬琰藏于厚土终究抵不住月神昭昭,少不了彩云翩翩,逃不去青山叠叠,舍不得流水缓缓。厚土载物,唤心之载物,心之载物,亦可厚德载物。彩云好述美月,流水愿从高山,千山万环,万水千思,宠人间万般何奈霓裳天生,瀛洲非常。上水若有大善,应酿古醇,又净天地尤物。欲呈是道可道,非道可非道,像易似易,有儒不被儒奴,可语之淡淡,偏为吐兰,故无须累藻辞,愿不做红尘一顽石,虽食人间各烟火,却是随雨落玉盘。

与《世说乾隆——美人吟》作序。未引太白诗,暂舍易安词,只念一师友偶然励瑾莼写小说(注:"瑾莼"亦本小说作者笔名,意美玉如纯……),加身边几位有小说情愫的朋友晓瑾莼有意闲暇时爱采几文,又小探几处历史

小城，于拟一美谈，是序之由矣，亦序之自也，所以首页标题，"瑾莼"笔名二字添其前，"自"缀于"序"前，得自予自文自序意。犹尊师者页空一《序》，缘文海墨客锦之。

世说乾隆美人谁吟？细看小说章卷。她在香茶咖啡读友时间温暖……陪伴中慢慢绽放，愿给读友们忙碌烦愁时增添偶尔的几片舒适。

芸芸几卷字，不经意几处道出我的故乡杭州，由此，我想把将要完成的《世说乾隆——美人吟》献给我美丽的故乡杭州，祝杭州越来越美！

瑾　莼

2011年3月29日凌晨于上海

Mei Ren Yen

卷一　重华宫曲宴

重华宫为皇考跃龙潜邸，每岁新韶庆节，锡宴拈吟，大清皇朝数十年悉于此宫举行盛轨，予每事遵循前典、故撰吉于岁首十有二日，命题布席，踵举上仪。乾隆二年（公元1737年）元旦后三日，乾隆钦点王大臣之能诗者曲宴于重华宫，演戏赐茶，仿柏梁体联句，以纪其盛。

此日在重华宫外的京郊圆明园内，一座西洋式样的庭院里喷泉扬若青烟。"夫人，捧盏！"张三爷双手捧起五彩琵琶茶杯向对面端坐的一位夫人微微笑道，夫人也用手中的五彩琵琶茶杯回敬张三爷，接着用右手掀开茶盖，把盖心儿朝上轻轻放入桌上的托盘内，再用左手小撩一角从头顶披至肩上的黑纱花纹头巾，少许细纹的樱唇便露了出来，碰了碰琵琶杯缘，未喝半点杯内的热茶，几乎是同时的一边把杯儿放回石桌上一边又把撩起的头巾盖落原处，宽松

低衩的衣服前襟处有绣花,更妙的是右边用衣料制作的纽扣起到了画龙点睛的作用,一对灼灼发光的耳环与黑纱花纹头巾上的阿拉伯书法花纹似乎在交融,有似散花之美。

张三爷端详着眼前这位年过半百举止却犹如未出闺阁的回回籍夫人,突觉睡意袭来,混沌沌的只觉云雾弥漫,草原肥羊群跑,夫人轻轻的纱巾似草原上的风儿,吹拂在自己瘦削的脸颊上。"张居阁下,皇上今日在重华宫曲宴宗亲大臣们,李公公派了宫里的小乐子送果品来了。"说着,一位荷兰传教士一边用生硬的汉语一边领着小乐子公公把从皇宫里送来的新鲜果品摆在了张三爷和哈夫人面前。张三爷便是传教士口中的张居,他因受兄长张照影响,精通音律,文章绝美,虽不及其兄张照蟾宫折桂,但身为张照的亲弟弟张三爷张居,早在乾隆还未登基前已被那时的弘历所喜爱,在登基前几次偷偷溜出宫廷和他一起下棋、对诗,发觉张居性格较之张照更率真,越发喜爱他,因重华宫曲宴不许白衣列席,故逢重华宫曲宴宗亲大臣之日乾隆便赐张居前来这幢西式小洋楼里游玩。这所被修建的皇家园林得益于供职于朝廷的耶稣传教士,哈夫人因受欧洲传教士东来,西学东渐之影响,偏爱"以儒诠经",虽是回回人氏,又嫁为人妇,但颇有"圣人之教,东西合、今古一"的哲学思想,故素日与几位在京城的传教士互通友好。哈夫人此刻端坐在这座西式小洋楼里,也是在荷兰传教士的精心安排下才得以有方才捧盏的一幕。

待张居回过神来,面露歉意地朝传教士与哈夫人望了望,那位荷兰传教士接着又继续用生硬的汉语向张居介绍道:"这位美丽的夫人是朝廷的名将哈元生将军的嫡夫人,不仅会讲阿拉伯语,还对先进的回回兵器非常精通,特别是回回炮、回回弓箭。"

张居乍一听得"回回炮",便一惊,道:"南宋泉州市提举市舶司阿拉伯人后裔蒲寿庚,其父子掌管海外贸易,至元朝,担任市舶司提举的回回人除了蒲寿庚父子,还有木八剌沙、哈散等人,天朝的海水贸易和航海劳作在宋元朝代享誉邻国啊,那个由回回人发明的回回炮更是相传'巨炮声震天地,所击无不摧陷,入地七尺'!"

张居不料眼前这位举止优雅的夫人还对兵器有所研究,心里暗暗感叹世间奇女子是也,忙拱手道:"原来是哈夫人,失礼了!今日能遇见精通回回炮的哈夫人,阿居真是有幸啊!"张居因饱读诗书,深知回回炮对大清建国之时出了威猛之力,便自然对哈夫人起了敬意。

"张居阁下,请跟我来!"荷兰传教士向哈夫人微微点点头,朝张居说道,哈夫人和张居便跟随荷兰传教士沿路走去。传教士带两人至小洋楼喷泉后方一石门口处,只见他在胸前画了十字,祈祷后,用左手按了石门上的开关,石门一打开,他又拿出蜡烛,点亮后,走至通道内。约半炷香时辰，见十几尊火炮整齐地排放在那儿，这时，哈夫人缓缓走至一尊火炮前，双眼有神地望着张居，接着从宽松的衣袍里掏出一本《回回炮图编》双手递给张居，张居先是一愣，仔细翻开书后，只见书内用汉文和回回文详细解说了回回炮的"机关"绝技。张居诧异问道："如此珍贵之兵器机密，为何给阿居？""这便是我们请阁下来此地的理由！"荷兰传教士替哈夫人回道。

接着，张居细心听荷兰传教士娓娓道来，哈夫人则向张居介绍了这十几尊回回炮新的特点。

正午的太阳在元旦后三日的京城照耀着圆明园的每一处角落，也照耀着重华宫雪象背上宝瓶内插着的吉祥万年青草。按宫殿之制，乾清、坤宁为紫微正中，左右各二永巷，每一永巷依次列三宫，斯为十二宫。其后，东西依次各列五所，重华宫则昔之西二所也。重华宫旧为明代乾西五所之二所，乾隆登基后，升为宫。被升为宫的她朝暮着正午的阳光显得格外受宠，正坐在殿内宝座上的乾隆，身穿龙袍，头戴暖冠，龙颜大喜，那宝瓶内的吉祥万年青草也似乎朝乾隆扭动着枝条，乾隆暗暗下了一个坚定的目标："朕要成为亚洲腹地的真正'可汗'！"晚膳时，乾隆在重华宫后殿与皇后、妃嫔一起进膳，只见用洋漆矮桌，其食品器皿与冬至同。摆热锅一品，莲叶鸡丝汤（金盘），用五岳碗，菜八品，点心四品（黄盘），攒盘肉一品（金盘），银葵花盒小菜一品，金碟小菜二品，金匙筯、汤膳（珐琅碗金碗盖）。

"皇上，张居有重要的事情觐见！"李德子向乾隆禀告。乾隆问何事，李德子说只是重要的事情，但不知是何事。乾隆有点不悦，但还是让李德子宣了张居入重华宫后殿。正值晚膳用得差不多，乾隆见张居神色凝重，看似十万火急，便退下皇后与妃嫔。

张居面向乾隆，见乾隆身着龙袍，便双手按左膝，屈右膝跪地，左膝随之屈躬俯首，离地一寸左右，双手据地稍停，然后挺身目视乾隆胸部，手仍拊髀为一叩，向乾隆问安。乾隆问道："这不是在太和殿，你无须施如此礼，起来吧！"

"皇上，阿居有密报启奏！"张居非满洲旗人，实汉人也，但未列朝做官，因乾隆默许他常常进出宫里。他平日里在京城遇见个强豪无赖欺压百姓的事都会溜进宫里密奏，连守门的太监见到张居，背地里都会乐着小声说道："阿居来报！"

"你急着觐见，说吧！"乾隆道。

"浙江普陀山海上贸易，有为了获利的官员现私下隐瞒实情，或向朝廷延缓禀告贸易之事，故导致荷兰人在普陀山进行两国贸易时阻碍重重，荷兰人希望朝廷能采取特殊措施，这便由圆明园传教士把这一事让阿居大胆向皇上

禀告！"

"早先，朕就听闻在朝廷供职的耶稣会为葡萄牙人提供便利，今儿个一听，还真有此事，荷兰人怎么想出这个法子，让你来跟朕说明此事？"

张居回道："圆明园费德路传教士去广东传教了，要一年半载才回京。眼下，荷兰人在普陀山海上贸易的事受到了阻碍，见阿居几次有幸陪皇上游玩圆明园，被那几位荷兰传教士看见，揣摩着想通过阿居向朝廷取得非正式谈判。"张居说到这儿，偷偷望了望乾隆，毕竟这不是该他管的事儿，今儿个却偏偏让他给摊上了。

乾隆不仅不叱责张居多管闲事，还露出了几分悦色，慢声道："这也合乎情理。是朕先前准了费德路去广东的事，在圆明园的几个传教士就无法与朝廷直接联系。浙江物产丰饶，普陀海水贸易颇为重要，朕这次也就准你启奏。"乾隆停了停，接着问道，"那你倒说说看，如今有何特殊措施可以奏效？"

张居额头上开始微微冒汗，圆明园地下通道，哈夫人与荷兰传教士向他述说了"回回炮"的故事和普陀海上贸易事关两国商业贸易来往，以及哈夫人再三请求他务必要在皇上跟前要得一件东西的景象一直萦绕在他脑中，他双唇紧闭，用力咬了咬前齿，深吸一口气，大声道："皇上，恕阿居大胆，若能有皇上御笔的'封口信函'用快马加鞭

卷一 重华宫曲宴

从京城直送普陀山，中间就会少了很多曲折。"

乾隆听了，默不作声。

张居见乾隆未言，便把哈夫人在圆明园和他商议好的方案向乾隆接着禀告："现由哈元生将军之嫡夫人蒲氏向皇上献《回回炮图编》，以求皇上能准御笔'封口信函'解决荷兰国与我大清在普陀山的贸易问题。"说完，张居把随身携带的《回回炮图编》呈了上去，李公公接过后呈给乾隆。

乾隆不是庸碌一主，而是大清帝国具有雄才伟略、见多识广的大"可汗"，一见到《回回炮图编》，龙颜大喜，向张居欢言道："宋朝那时，部分回回民漂扬过海，来到中原。市舶司多由朝廷任命。到了前朝，市舶司的要职也有回回人担任。南宋泉州市舶司便是蒲寿庚父子掌管了三十年。航海的回回们掌握'回回文'的'回回针经'进行航海指南。郑和下西洋堪称千古绝唱！"乾隆双手紧握《回回炮图编》，双眼发亮地注视着在图编封面上那条用阿拉伯语体镶嵌的蜿蜒曲折的线条，轻语："这下有了回回炮的图编实在是朝廷有幸！"

张居见乾隆龙颜大喜，便趁机向乾隆说了宋元的襄阳战役。公元 1236 年，元世祖大举伐宋，在襄阳、樊城遭到宋军顽强抵抗。襄樊战役始于 1268 年，元军围城五年，却始终未能攻克。至元九年十一月，阿老瓦丁、亦思马因制

成回回炮，并于次年正月炮攻樊城，一举告捷。接着，又靠回回炮射程远、威力大和命中率高的特点，一举结束了相持五年之久的襄阳战役。可见，回回炮的威力非同一般。

乾隆面朝张居说道："朝廷火炮装备甚多，但技术和材料须改进，特别是在连珠火枪威力上需要加强改造！"

张居又说道："皇上，此次《回回炮图编》能得以面呈皇上，荷兰人传教士功不可没。因《回回炮图编》是蒲氏在原有火炮技术上新添了绝密机关，又与荷兰人一起制成了回回炮如何在海上船舶作战。可见荷兰人与哈将军夫人蒲氏对皇上忠心啊！若不给'封口信函'，怕引起荷兰人与回回人蒲氏的误解！"

乾隆听后，觉得所言甚是，但有所顾忌的是那蒲氏是哈元生之嫡夫人，而苗疆叛乱时哈元生……乾隆先让张居跪安，他则仔细翻阅起《回回炮图编》。

张居跪安，回至府邸。张居从张照府里要了忠实的老奴和服侍细致的丫鬟共七人一住就是数年，老奴和丫鬟们私下喜欢打趣，称中院叫小张府，张照大爷的张府才是张府。张居每逢听见丫鬟们偷偷暗叫小张府，就故作生气状，喝道："张府若是小张府，老爷我岂不成了小三爷！"老实的丫鬟见张三爷这般模样，吓得只跪在地上求饶，只一两个俏皮的十二三岁的小丫鬟，知道平日里三爷好生对待她们，也就嘟嘟小嘴，推说要给三爷去洗衣物小步飞快地溜走,哪知张居内心其实和仆人们所想一样,早把张照的府邸当作真正的张家府邸,又岂会在意自家仆人唤小张府之事。"三爷,傍晚起风,有点凉,小心着凉。有位自称是蒲氏的夫人说是已和三爷有约定,这会儿,在花厅等三爷呢!"伺候多年的老奴老石,躬着身禀告。张居派了站在身后伺候的丫鬟粉贝出去请哈夫人。哈夫人见丫鬟和老石过来,便随他们一起绕过院内西角的小翠竹坡,踱了十几步路,便到了一处四角麒飞檐屋,哈夫人忽见"静兰厅"桐木匾额高悬,知已到所处,又觉"静兰"两字异常俊秀,暗自喜欢,便停了停,她随行的贴身丫鬟也是欢喜着嚷嚷,哈夫人对她笑道:"你真像你的小名鹩鸪一样,叫个不停。"鹩鸪乐得像一只快乐小鸟,瞧见和她年纪相仿的丫鬟粉贝,便好奇地问她"静兰"是何意。粉贝便解释其取名之用意,"静"乃谐音"敬","兰"喻指贤德君子,故而静兰,敬一等贤德君子也!此时,张居见粉贝请哈夫人半晌还未过来,便走出静兰厅,正与门外的哈夫人撞了个正面:"哈夫人,快请,快请!"入内,张居让哈夫人坐至窗边红檀圆桌旁用厚锦铺盖的椅凳上,丫鬟粉贝沏好暖茶先端与哈夫人后,再递送另一杯给张居。哈夫人这回慢慢喝了茶,透过朦胧的轻纱,张居还是可以见到哈夫人开始露了笑意,便说道:"哈夫人,这茶是阿居特意为你沏泡的回回红茶,味道如何?""多谢三爷款待,与吾家乡红茶味道相同,

只是一闻这茶香,便想起了草原和家乡!"说着哈夫人双目朝向窗外,张居自感让哈夫人无故添了思乡之愁,就不发话呆坐一旁,不知道该如何打消哈夫人悲感之绪,哈夫人倒蹙起蛾眉自故轻吟:"我老无朋,朝夕唯汝,世间清苦,谁能及子?逐日子饭,不辨几钟。每夕子酌,不问几许。夙兴夜寐,我与子终始。子不姓汤,我不姓李。总之,一味清苦到底。"张居一听便知是明朝回回大思想家李贽晚年专为茶而做的《茶夹铭》,暗觉哈夫人真是才学不可小瞧,又接着听见哈夫人用回回小调把《茶夹铭》词加上自编音律低声唱起来,原本就懂音律的张居听了直拍手叫好。

　　乡愁词曲小欢过后,哈夫人起身向张居欠身施了个妇礼,张居不知为何,急忙也起身还礼,哈夫人这才言归正题:"三爷,今日在圆明园之事,是否顺利觐见皇上?"张居便把重华宫后殿与乾隆过招的部分情节告诉了哈夫人,不料哈夫人不但未曾大喜,还似乎多了几许愁云,她语气中略带哀怨,道:"吾急匆匆来三爷府中登门拜访,实则还另有一事。"张居不解其中有何事。哈夫人道:"受吾夫哈元生之命,请三爷在皇上跟前为吾夫求得能告老还乡幸事。""哈夫人为将军亲临寒舍恳求阿居,阿居岂有旁侧之理!只是夫人您也知晓前年(公元1735年)新皇乾隆帝登基后,听到苗疆叛乱的坏消息,异常震怒,要对苗疆大举用兵,新皇为了树威,断然把阿居的兄长张照、哈将军、

卷一 重华宫曲宴

董芳全都撤职治罪。皇上念及旧情，特在兄长事上不诛罚阿居，今年是皇上登基后的第二年，原万万不敢向皇上为哈将军求恩，但哈夫人为将军伤怀情绪，阿居只好再过几日面见皇上冒死一求，但愿能让君王动恻隐之心，以慰夫人，也为兄长……"未等张居说完，哈夫人说道："多谢三爷成全，天色已晚，将军还在府中等吾回复，吾应离去了。"张居深知哈夫人心事焦急，也就不留她了，便亲自把哈夫人送上马车，直到夫人马车消失在夕阳的余晖中。

张居不免也暗自轻叹起欧阳修的诗句，"月上柳梢头，人约黄昏后"，心想："可惜月已梢头，夫人却与我各在一端，不知何时才能再听她的回回小曲。"

隔了五日，鸡鸣时，张居欲起身再赶往皇宫。老石却匆匆跑来递给他一封书信。书信者非别人，正是他兄张照，张居看信后不由得落泪。信中说其兄张照处境之凄凉非同寻常，伴君如伴虎，劝他明哲保身，尽快动身去江南躲避一阵子。张居深知兄长此次难以躲避宫廷政治之灾，向来视兄命如父命的张居在彷徨之余，见兄嫂携年幼侄儿、仆人数人神色慌张过来，张居只好隐忍收拾好细软，带兄嫂及仆人数名匆匆离开张府。临走前，写了几行字匆匆塞于信封内，遣了小奴郁工去哈府送信给哈夫人。又留了另一封信放置书房墨砚下，吩咐老石管好府内所有事情，老石老泪纵横地送张居、张照夫人和一个读过两年私塾的没落

公子且如今栖身于张府当文书的陈书兴到了河边码头，几个仆人也跟着和他们一起坐上一艘大船向黑夜中驶去。老石叹道："多事之秋啊，三爷远去江南未必不是件乐事呀！"说完就大哭起来。张居坐在船舱里，无奈地闭起双眼，心里默默念道："前年八月皇上撤职哈将军，去年也就是皇上登基的头一年，已皇恩与哈将军，让他做了副将，实乃不幸中的大幸。阿居虽很想替夫人你圆梦，却是心有余而力不足啊！只好求上苍垂怜，愿回回炮能早日赢得皇上的御笔'封口信函'！至于哈将军之事……"张居被侄儿的哭闹声打断了思绪。

卷二　凤旨如意

秋夜的京杭大运河席卷着有点寒气的风儿汹涌着过往船只，夜深时的水声更似旋入心窝的棒槌，在水一方，紫禁城隆宗门西侧慈宁宫的宫灯却比往日皇太后钮祜禄氏就寝时亮彩很多，黄琉璃瓦重檐隐约可见，面阔有七间，当中五间各开四扇菱花隔扇门，各间门外站立两太监供各间差使。两梢间为砖砌坎墙，各开四扇双交四碗菱花隔扇窗。殿前出月台，正面出三阶，左右各出一阶，台上陈镏金铜香炉四座，东西两山置墙，各开垂花门，可通后院。这夜，钮祜禄氏还未脱下白日她陪自己的皇帝儿子在太和殿一起接受外国使者朝贡时穿戴的朝服，端坐鸾椅，双目神采奕奕地看着几个慈宁宫太监小心翼翼地抬着一箱子又一箱子的物什，每打开一箱子，一个慈眉善目的贴身太监跟着宣读箱子里面的物品，有如意、佛像、金玉、水晶、冠服、

簪饰、瓷器、犀象、币帛、书画、各种外国珍品。平日里,乾隆在自己的生母钮祜禄氏面前恪守家法,非常孝敬她,对她的话更是唯命是从,皇宫内外的宝物拥有对这位"福"太后而言可真是"人间能有我皆有,人间无有我也有"!

"留,清黄杨木透雕灵芝如意!"慈眉善目的太监见皇太后向九凤朝珠檀盒挥了挥玉手,他便知皇太后选了这枚价值连城的"不求人",就立即清了清嗓门,向那几厮太监代皇太后宣道。随后让他们把箱子搬回慈宁宫宝物藏阁间,只留下两名伺候皇太后就寝的宫女和自个儿候着。一阵紧而有序的搬箱声随着忽亮忽弱的宫灯远去后,慈宁宫一下子变得寂静了。"自古后宫多事,皇儿又刚登基只数年,明日皇儿在乾清宫设家宴,哀家想把这枚清黄杨木透雕灵芝如意送给皇儿,希望皇儿的后宫吉祥太平!"她命慈眉善目的太监把如意端至面前,边自言边细细观看它,两个宫女各站皇太后一侧,见其取自然形清黄杨木为材,采透雕技法制成,如意头做灵芝状,与柄部上端的两枚小灵芝互为呼应,双双露惊喜色。皇太后觉察,心中得意自己的眼力非凡,在刚才众多宝物中,还包括昨日外国使节朝贡时专门献给她的贡品,却独择"清黄杨木透雕灵芝如意",慈眉善目的太监见皇太后露得意色,便上前附和道:"太后,这如意设计甚是精巧,且保留木材之天然形态,随形就料,又略施雕刻,风格可为古朴,一折一屈中颇见

卷二 凤旨如意

雕刻者之功力，兼以纹理细腻，包浆古气，真乃我大清朝文房器中的佳品啊！"皇太后含笑点头，说道："胡简鞍，你跟随哀家多年，哀家看过的珍奇，你何曾未看过？还有，参香、画眉你们两个小丫头呀，瞧的宝贝也不少于一个普通妃嫔瞧过的，都对这如意喜的喜，叹的叹？"她这么说，想是让他们再说出这枚如意的非同之处，被唤是胡简鞍的太监正是刚才那位慈眉善目的太监，他立刻明白她的意思，抢先那两位留下来的小丫头宫女参香和画眉，躬着身子回道："太后，如意为祥瑞之器物，实乃非其他宝物更显皇太后对皇上的后宫事事如意的寄望，后宫安详太平，太后也就不必为之操心了！""是呀，这正是哀家的苦心。明早儿，等皇上来向哀家请安时，把如意先送给皇上，家宴时就不拿去了。""喳！"太监胡简鞍应道，便请皇太后就寝，宫女参香、画眉为太后一阵更衣、洗漱、敲捶凤体后，拉下牡丹金彩纱帐，便下去离皇太后凤床几步之路距离打起盹儿来。

次日清早，皇太后漱洗毕，见乾隆早在慈宁宫内候着请安，脸上露出慈笑。"儿臣是来给皇额娘请安，昨晚个儿额娘睡得可曾安好？""好，好，好……皇儿来，快坐到额娘身边来。"皇太后每每见到自己的儿子就笑得慈母恩露，眉角都差点拧成莲，"皇儿，昨儿个你派太监李德子向哀家说今晚在乾清宫摆家宴，额娘正好有一礼物要送

与皇儿,家宴时皇儿也许能派上用场。"正说着太监胡简鞍向乾隆奉上了清黄杨木透雕灵芝如意,乾隆见之甚喜,赞后站立向其母躬身谢道:"儿臣谢皇额娘赏赐,但皇额娘是否允许儿臣把它放置在儿臣御书房里的书案上,当儿臣在看书、批阅奏章时,见如意如见额娘。""送与皇儿,便由皇儿自行安排,你把额娘的礼物放在你每日都要久坐在旁的书案上,额娘高兴都来不及呢。只是额娘想借如意祥瑞之气祝愿皇儿的后宫似同如意二字一般吉祥太平!"母子俩你一句我一句聊得格外开心,乾隆虽是天子日理万机,但每次向皇太后请安时,都等皇太后开口请他回了,他才退下其母殿外。

时辰到了家宴时刻,一群太监、宫女前前后后簇拥皇太后从慈宁宫移驾乾清宫入席家宴。"皇太后驾到!"乾清宫太监们见皇太后上前跪迎,内殿太监高声传道,早已在乾清宫恭候的乾隆、皇后富察氏、娴妃及另妃嫔六人立即上前接驾,皇太后让他们起身,笑声道:"皇儿,既是家宴,今儿个就不必隆重,皇儿、皇后,来,你们都一起同坐效仿民间人家那样享天伦之乐!""谢皇太后!"皇后率娴妃等几位妃子坐着谢道。皇家的家宴,说是家宴,但菜食仍按宫廷御膳严格制作,各色名贵菜肴俱摆在桌上,味感也仍是御厨老味,只是言语谈笑中多了点民间母子、夫妻、婆媳、妻妾间的常礼。"时顺转甚快,今已是朕的

卷二　凤旨如意

乾隆二年，愿额娘凤体安康，延年益寿！"乾隆举金龙玉瓷酒杯半醉着敬皇太后，不料把自己登基一年后立的年号乾隆都叫了出来，在座的几个后妃听了"扑哧"笑了，乾隆突想起白日皇额娘送他灵芝如意，心想着拿来与爱妃们见识，也可让皇额娘知道他是多么喜欢她所赐之物。于是醉语命太监李德子去书案桌上取清黄杨木透雕灵芝如意。此时，除皇后富察氏少沾酒水清醒，乾隆、皇太后、娴妃、另外妃嫔几个，都醉态窘露，言语随之放纵，还有个妃子跪在乾隆旁，泪语道："君不知吾愁西墙赛娇后，吾愿伴君同醉，同醉。"并甩着粉袖在乾隆早已迷糊的眼睛前晃来晃去，乾隆还以为是飞舞的粉蝶，嬉笑着去抓、抓。"皇上，清黄杨木透雕灵芝如意！"李德子用双手呈上，当的一声响，如意被乾隆抓"粉蝶"的龙手给撵了下去，如意不偏不倚正好砸在粉袖妃子的脸上，"哎哟！"一声叫疼后，只见如意随即掉在了地上，乾隆和皇太后还醉意蒙眬，不觉如意落地，倒是李德子吓了个惊慌失措，忙下跪拾起如意，发现如意柄部上的两枚小灵芝给砸断了，可让人惊讶的是被砸断开柄部的这两朵小灵芝却完好无损，像是独立雕刻的两朵清黄杨木小花。粉袖妃子痛后酒倒醒了，眼见如意被砸，知此事自己也脱不了干系，便与李德子商量起来，两人一时都毫无主意。皇后见状，知是乾隆醉时不小心打落，也不该怪罪于他们，便命他们二人寻觅宫中能巧手修复如

意之工匠师,且在乾隆和皇太后酒醒前修缮好如意。

宫廷宝物破损,怎可在短时内修好,即使寻到天下最能巧工,也不能按期完成啊。粉袖妃子和李德子感恩皇后宅心仁厚,有不怪罪之意,只怕乾隆和皇太后酒醒后迁怒责罚他们,便心焦如焚。若是龙颜大怒,一个是红颜命苦,一个岂不是命比黄连苦啊!

卷三　海外白银

次日清晨，乾隆在养心殿寝宫醒来，洗漱后按往常出吉祥门，乘坐两个太监抬的轿子，经西二长街，出启祥门，前往慈宁宫请安，完毕，回养心殿早读《圣训》和《实录》，时至约八点，御膳房把三张膳桌拼成一桌，铺上桌单，太监们手捧红色漆盒排成一队把菜肴、羹汤、饭点迅速端上桌子，李德子请乾隆用早膳，乾隆就座后，传膳太监查看每道饭菜中的试毒牌变色不变色，再亲口尝尝，无色变，乾隆便先喝粥，接着再吃一碗冰糖炖燕窝，然后开始早膳。在饮食上，乾隆帝很有规律，讲究个定时、定量、定质。如每天起床前，乾隆先喝粥，早膳前要吃一碗冰糖炖燕窝。日常的菜肴以鸡、鸭、鱼、猪、羊、鹿、鹅等为主，这是满人祖先狩猎食肉的老习惯、老规矩，必须遵守，否则有违祖制。李德子等乾隆吃了一会儿，便呈上"膳牌"，乾

隆看后,定饭后只召军机大臣讷亲议事。饭后,李德子几次欲请罪如意误打之事都没有机会,乾隆忙于批奏章,不曾想起家宴情形。

"钮祜禄氏·讷亲叩见皇上!"军机大臣钮祜禄氏·讷亲被召见后立即赶来养心殿跪拜在乾隆面前,正在批阅奏章的乾隆,见讷亲龙颜微喜,道:"讷爱卿,平身!"讷亲谢恩起身后仍略微向前倾着身子恭问道:"皇上召微臣过来,不知有何事?""讷亲,朕刚把你从兵部尚书升为军机大臣,对卿深寄厚望啊!"年仅二十七岁的乾隆看着这位同样年轻且出身于满洲簪缨世家并早在先帝雍正时期就被委以重任的讷亲,不觉他眉清目秀、气宇不凡,神色有似张居。"啊,讷亲,"乾隆很快回神转而向讷亲问道,"军机处大小官员是否按律执事?""回禀皇上,一切正常。只是听闻兵部传言西路军营副将哈元生抑郁生久,臣想、想……"讷亲话未说完,乾隆打断道:"又是哈元生,此事待以后再议。你且调配几个心腹把六部微情探察清楚后尽快向朕呈上。""喳!"讷亲只好答应。此日后,乾隆在养心殿每隔几日就召见讷亲商议政事,少年乾隆在政务上可称励精图治,从讷亲那里还了解到各地民情和不少民间趣事,对于生性风流、好玩游山的乾隆来说对此产生不少遐想。讷亲也不负乾隆重托,对乾隆所命之事,大到军机、内阁政事,中到兼管向乾隆秘奏总督、顺天府、宗人府和六部等大臣

卷三　海外白银

平日处理公务是否秉公、是否明智，小到通过派心腹秘察各省巡抚视察民情和为民办事之一切琐事，且处理得非常妥当，十分切合乾隆的心意。

皇后富察氏那次在乾清宫家宴时见到乾隆之后，她屈指数数近有一月未见皇上，便叫太监小瓶子去养心殿看看皇上是否在那儿，小瓶子公公去了养心殿一问果然皇上在那儿，便匆匆回了他主子。皇后富察氏便带了廖嬷嬷和小瓶子去了养心殿，正巧乾隆和讷亲在聊海外白银涌入大清的政事，不但不恃宠为骄，还吩咐李德子不要惊动皇上，自个儿便在偏殿静等。

这会儿工夫，乾隆和讷亲聊的海外白银可是一件大事啊！只见乾隆双目注视着讷亲刚呈上来的折子，对讷亲肃语道："举国上下，民富的地方很富，穷的地方还很穷，地区与地区之间发展差距甚大。海外白银不断涌入我大清，正是可以调节国内区域发展不平衡的局势，讷爱卿，你觉得如何？"讷亲站立回道："持续流入我大清的海外白银，的确激化了谷物等一些货物的区块间流动，但同时造成财富往货物生产迅速的特殊区块集中。对此偏差状况，微臣有一建议。"乾隆让讷亲赶快说来听听。讷亲不慌不忙地继续说道："微臣的建议是，朝廷需要制定一整套储备谷物与散布制钱的法令，而针对不均衡发展的法令，则是奖励周边区块的货物生产。"乾隆听了非常满意，并下旨让

讷亲离紫禁城去民间查访海外白银相关事宜。讷亲领旨后退下。

　　李德子去偏殿禀告皇后讷亲已离开，皇后便过去见乾隆，乾隆见到她，便问她有何事。皇后富察氏不由得提起那日家宴时清黄杨木透雕如意被打破的事，乾隆这才想起那日自己趁着酒意吩咐李德子去拿如意，后来发生了什么都记不清了，因这段时日政务繁忙，也就忘了皇太后赐给自己的如意。"幸亏皇后和朕说明此事，朕差点疏忽了，若让皇额娘知晓，恐她伤心，暂不让她知道为妙。可那如意好好的怎么会破了呢？是不是李德子打破的，赶快把李德子给朕叫来，朕要好好责罚他。"乾隆一说完，只见就在殿内一旁的李德子吓得差点尿裤子，啪的一声双膝下跪在金黄地砖上："奴才知罪，请皇上开恩！""如实讲来，到底是怎么回事？"乾隆有点发怒，李德子就一五一十地把家宴时如意打破的前后经过，并表明自己早已想把事实禀告乾隆，接着说道："只是见皇上近一月来国事繁忙，奴才不敢禀奏，怕扰皇上烦心！"乾隆确实瞧见李德子好几次欲言又止的样子，也就免了他迟禀之罪，哼道："李德子，但你把皇太后赐朕的爱物没有保管好，也应责罚！命你三日内把如意修复好，否则革去太监总管之职，去边塞充军。"话一说完，朝皇后说道，"皇后，你是后宫之首，她如何处置就交给皇后。"皇后允诺后，道："皇上终日

卷三 海外白银

忙于朝政,且不要为此操心,刚才臣妾提起,未曾有责罚李公公和冯常在之意,而李公公刚才所言极是,但臣妾也知打破皇额娘所赐之物,的确不是件小事。臣妾已让冯常在寻能手巧匠修补它,一会儿便让她回话。而今皇上又给了期限三日,就以三日为限,冯常在和李公公若三日后还未把如意修补好,臣妾定当处置冯常在。"皇后这么说也是不想激怒乾隆,这才有点后悔自己的口出竟给冯常在和李公公带来麻烦,想起那日家宴上,冯常在泪对乾隆道:"君不知吾愁西墙赛娇后,吾愿与君同醉,同醉。"不禁对冯常在的寂凉开始同情起来。退出殿外,李德子追上皇后,感恩道:"皇后娘娘,奴才多谢娘娘刚才在皇上面前不加严惩之罪,奴才和冯常在本应按娘娘的旨意在皇上酒醒前就该找人修补好如意,以谢皇后娘娘对奴才和冯常在宽遇之恩,实乃宫中能修补此如意的巧匠都已试过了。"皇后听了也只好叹气,回至乾清宫后殿中宫,便召见冯常在回话,冯常在杏眼带血丝跪见皇后道:"皇后娘娘吉祥!回皇后娘娘,如意尚未修补好,请皇后娘娘帮臣妾开罪!""唉,又是一个可怜的常在,那日皇上只道让本宫叫上妃嫔几位陪皇太后和皇上赴宴,不料马贵妃抱恙,本宫便把你叫上,原本常在不在那日家宴名单中,想到这儿,哀家有点内疚。"皇后扶起哭得像个泪人儿的冯常在。

说来也奇怪,暂由冯常在保管的那枚如意却不翼而飞,

这下她更惶恐万分,李德子也是坐立不安。皇后知情后,觉是有人偷走如意,疑惑的是太后赐给皇上的如意虽价值连城,但已破损,怎会有人冒死偷它。而且后宫把持森严,不要说一只苍蝇,就连一只蚂蚁也岂能在太监、御林军的眼皮底下逃走!想来肯定是内宫之人作犯。无奈从冯常在和李德子的口中找不到作犯之人的蛛丝马迹,因事件发生在后宫,皇后恐乾隆怪罪自己管理内宫不严,也开始焦急起来。

眼看三日期限已至,后宫皇后、冯常在以及她们贴身的宫婢和李德子都为如意失窃的事不知所措。无奈之下,皇后只得按后宫规章把冯常在暂行打入畅春园服役一年。李德子而后也被乾隆撤去总管职,考虑其鞍前马后服侍乾隆多年,便减轻发配他去西路军营充军。

李德子充军前晚,乾隆赐御酒一杯,未见。惆怅之余便想到皇后,去了皇后那儿,对皇后道:"朕知如意是朕不小心误打落地,现让冯常在和李德子顶罪,朕心中很是惆怅,李德子跟随朕多年,对朕忠心可见,现去西路军营充军,朕真有不舍。而今,民间不断涌入海外白银,有值货物交换活跃,虽然大清有着几乎完整的市井,与海外市井的联系也少,但从长远来看,白银流通全朝,使得交易更加长线,这一点不可忽视啊。正好李德子可以出宫,说不定可以替朕瞧瞧宫外的白银世界!"乾隆说到这儿,拉起富察氏的玉手,富察氏道:"臣妾不敢参与朝政,但听

卷三　海外白银

皇上对白银之事的担忧，臣妾倒略微有些看法！"乾隆准她说说无妨。富察氏道："臣妾不懂什么市井，更不懂白银世界；但臣妾觉得任何一个朝廷都会有保护本朝的财物措施，刚才皇上说的海外白银，按臣妾的理解是，皇上担心海外白银的不断涌入会影响朝廷及民间各地的变化，控制得好，便可富国强民，但一旦失控，则会加大贫富悬殊。依臣妾之见，做一道漂亮的屏风来阻隔货物流通。当然不是硬生生的阻隔，而是有区别的阻隔。为保护我大清国的千秋之益，略略破坏海外与大清货物的流通，那个市井就不是海外商团轻易进入的！"乾隆听后只觉皇后说得有些道理，便问："江南米价高涨，得增加对江南的谷物投入，以遏制江南米价的不断高涨！"乾隆说着挽住富察氏的细腰，富察氏却用巾帕轻轻甩开，低声自叹："冯之今日，是否富察之将来？"乾隆爱意浓浓地拨弄着富察氏的黑亮秀发，安慰她："察儿你替朕主持后宫内务，却从未佩戴翡翠碧玉，六宫庸粉怎能与朕的察儿相比，朕对察儿之情非一朝一夕，察儿你不要自忧了！"富察氏依偎着自己的皇帝丈夫，还是自感伴君一日是一日，即使她端庄贤淑，克勤克俭，母仪天下，可红颜易老，嗟叹："岁月易君心，深在帝皇家，岂可自主啊！"宫钟鸣声已是夜晚八时，富察氏想到此，便万分柔情地抚弄乾隆的衣袖，倍感珍惜乾隆的宠幸。

卷四　朝廷物资流通

秋去冬来，枯枝落叶四飞舞，京往西路，则是罪奴沧桑泪迷离。"大爷，请给咱家一碗水喝吧。"李德子向几个押囚车的小厮求道。"这大冷天的，到处有可以饥渴的雪，何要大爷的水？大爷自个儿都没有。"说着其中一个带双刀的小厮拔开腰间葫芦，故意让李德子看着他美滋滋地大口大口喝起水来，喝完后便蹲身抓起脚下的脏雪，塞进李德子嘴中："给你喝，喝！"紧接着听见小厮们一阵狂笑。李德子半吐半咽着一大口脏雪，抬头望着灰蒙的上空暗暗泣道："皇上啊，皇上啊，奴才只等您龙颜大喜时千万记得远去西路充军的李德子哟，早点来接奴才回宫伺候您哦。呸，你们这等小厮，等咱家回宫之日，便狠狠揍你们一顿。"李德子咬牙切齿地吐了一口痰，却鬼使神差般地溅在双刀小厮的葫芦上，这下气得那厮面红耳赤，"啪！"在他左脸上一个响而重的巴掌。说时快那时迟，一个身穿黑裙面系黑布的影子忽地窜了出来，用剑唰地一下挟在双刀小厮脖子上。"大侠饶命！"双刀小厮吓得脸色苍白。"赶快把李公公给我好生相待，否则女侠我定不饶你狗命！"自称女侠的黑影人厉声道。"是，是，是！"双刀小厮点头求饶，让小厮们赶紧把李德子松了枷锁，放出了囚车，李德子被刚才的一阵剑喝飞影早已弄得晕头转向，双脚刚触雪地，未等开口谢女侠之助，那身穿黑裙的女侠轻功一闪便不知去向，但只见一个拳头大的黑绒小包掉在囚车轮旁，小厮们见黑绒小包连忙拾起来，恐女侠回闪过来不敢擅自打开就交给了李德子，李德子便小心藏于衣服胸怀里，跟着小厮们直去西路军营，两日后便到了。李德子便被发配在军营柴间做砍柴役。到了子时，李德子早已累得窝在一条旧棉军毯里直打呼噜。"李公公，李公公……"只见有只手搭在李德子肩上并着急地摇醒他，李德子还以为是鬼，吓得差点大叫起来，但很快被"那只手"捂住他嘴，示意让他不要出声，李德子用手碰了"那只手"，感觉暖暖的，才知道不是鬼是个人，还轻喊他李公公，声音还有点耳熟，扑通的心才渐渐平静下来。"那只手"这才放开捂住李德子说："李公公，不要害怕，我是受西路副将府夫人之命，请公公前去府邸与夫人一会。"李德子诧异问道："咱家素未与你家夫人相识，何故叫咱家前去？再说咱家已在西

路军营,夫人要见咱家一面,何须如此劳师动众?""公公素不知西路军营实情,且待去见夫人便晓。"于是不由得李德子再言,就拉起他暗绕军营要道直奔西路军营副将府,李德子方见此人身形有似前几日相助的女侠,借着月光,瞧见此人生着一对弯弯如月牙儿的小眼,被黑纱衬着越发小而精明,欣喜问道:"姑娘可是那日助我下囚车的女侠?"那人神秘地对李德子嘻嘻一笑,说此地不宜久留,速速去见夫人为是。李德子心中略明,便紧随那人身后,两袋烟工夫他们就到了西路军营副将府,径直去了草经阁。

"夫人吉祥,鹧鸪已把李公公请来了。"那人向草经阁内一站立的妇人躬礼后,就退出门外去换衣。李德子这才知晓其名叫鹧鸪。"有劳李公公前来小府,恕薄氏愚昧,望请公公谅解。"说着便让李德子坐下,鹧鸪这时换了一套丫鬟服端着菜肴酒水摆在他面前,说道:"李公公,请!这是我家夫人特意为你准备的。""哦,多谢哈夫人款待。咱家好几日未曾碰到酒肉,那就不客气了。"说完便顾不上吃相,狼吞虎咽地吃喝起来。哈夫人和鹧鸪见李德子这般吃相不觉笑了出来,李德子用脏袖擦了擦满嘴的油腻,打了个饱嗝,不觉难堪,作揖问道:"咱家已被皇上贬入军营砍柴,哈夫人却如此这般礼遇咱家,咱家甚为不解。""李公公,久闻皇上跟前的李公公德昭忠厚,皇上和李公公主仆之情颇深,虽如今公公被充军,但说不定皇上念及主仆

卷四 朝廷物资流通

旧情，很快就将公公召回宫里。"哈夫人见李德子嘴角左右往上撇去，见说到他心坎里头去了，差鹧鸪去守门谨防有人偷听，鹧鸪到门外，她便双手递上一信件与李德子，接着说道："李公公，此信尤关吾夫之性命，请公公回去后仔细阅看并保管，待见到皇上，请公公代吾夫哈元生呈上。"说完哈夫人向李德子施了个回礼，李德子赶紧扶起哈夫人，说道："咱家听闻朝中有大臣传哈将军抑郁多时，今日听哈夫人之言，想必是真。唉，哈将军一生功绩屡屡，未曾料到如此下场。俗话说人走茶凉，没想到夫人还如此看得起咱家，咱家若能回宫必为夫人效一次犬马之劳！"说完想起那日女侠留下的黑布小包，便想可能是鹧鸪之物，从衣服胸口处取出打开，一看不料正是那日乾清宫被打破的如意柄部脱离的一朵小灵芝，怪哉！哈夫人见此杏眼扫向鹧鸪，鹧鸪一惊忙退缩在旁，哈夫人故作轻松道："李公公，这是何物？"鹧鸪听哈夫人这么说，也攀谈："是呀，李公公，这是什么呀？""哦，哦，是咱家在军营上茅厕的时候捡到的，不是什么，不是什么。哈哈！"李德子谎称道，想自己正是因如意破了两朵小灵芝而被发配充军，身关自家大事怎可轻易说之，刚才在哈夫人和鹧鸪面前打开黑色小包，是原以为鹧鸪就是那日持剑相助的女侠，故想把黑色小包当着哈夫人面还给鹧鸪，岂不料随意打开它竟是其中一朵小灵芝，幸好哈夫人和鹧鸪不识它，否则鹧

鹧鸪就是女侠,女侠就是鹧鸪,偷如意之人便是鹧鸪。但他又恐后宫如意牵连之事外泄,就匆匆包好小灵芝,塞入怀中,另起话题。哈夫人和鹧鸪见李公公此举也就放下心弦,急忙准备了鸡肉二三斤、花生大包用碎花布扎成一个包裹,还让李德子把刚才那封信塞入一个干净厚实的绣花鞋垫的缝隙里,放入包裹中,一起让李德子带回军营。李德子告辞哈夫人,仍由鹧鸪暗中保护偷偷回到军营柴间。

鹧鸪从军营回到副将府草经阁,见夫人在等候她。上前耳语几句,便悄悄退下。哈夫人便回至房内,对躺在帷帐内的哈将军说道:"将军,吾已将信交给李公公,相信李公公会为将军洗去冤情。"哈将军听了侧卧起来,老泪挂至脸颊,道:"有劳夫人了,幸好张居十分机趣,书信与你,本将军才有计策,让你代笔书信给李公公,此次李公公被贬入我们西路军营,正是天意呀!"接着一声咳嗽,哈夫人让他早点入睡,便熄了烛,也躺了下来,到了二更也不能入睡,一直想着那日在张居府邸为夫托张居去面圣的事,不料没过几日张居便派了小差送信回了她,她打开书信才知张居未能见到皇上,但附了一句七绝诗:鱼跃龙门离虾蟹,咱人拂尘挡海路;潮涌东宫伤珊瑚,龟爬蚌咬弃小贝。当时哈夫人知道张居未能见到皇上后,便无心细看诗句,把书信交给哈将军阅,哈将军倒认真看了回书信,发觉诗句有用意,对哈夫人道:"想必张居有点气恨皇上。你看,鱼儿就是还未登基的弘历,第一句说的是弘历一旦做了皇帝,就忘了他这个虾蟹友。咱人拂尘,是拿着拂尘的太监公公咱家也,第二句说的是张居去求见皇上时被太监给挡了面圣的路,可后两句本将军只知表面词义,会指什么呢?"哈夫人看后也觉得后两句"潮涌东宫伤珊瑚,龟爬蚌咬弃小贝"只是描写潮水翻涌龙宫,龙宫里的珊瑚受损,龙王的宰相乌龟慌乱爬行,蚌为逃命互相咬对方,海水把小贝小壳抛到了沙滩上。他们思来踱去,不明其用意。回想到此,她方才明白将军让她代笔书信一封交给李公公。因为从诗句中可见太监公公无形中的地位,也为将军的心思缜密由衷的佩服,更觉张居为人机趣,只是将军仕途遥遥可垂,实在无心感受诗句的幽默,心事重重地半睡半醒地躺着。

而在军营柴间的李德子也是辗转难侧,因没有蜡烛,他只好把藏有信件的鞋垫藏入一块大柴木下,等想天明无人时再看。就小心摸出小灵芝,脑子里浮出黑裙女侠、鹧鸪、草经阁哈夫人、黑色小包、信件、如意不翼而飞、一只小灵芝……像是戏台上的迷魂阵,他想鹧鸪那么像黑裙女侠,鹧鸪却不是黑裙女侠,那黑裙女侠会是谁呢?为何要相助于他。混混沌沌,累了,也就迷迷糊糊睡着了。

且说乾隆在紫禁城数日不见李德子伺候,开始想念起这个老仆。幸好讷亲从西路巡抚那得知李德子已在西路军营服差,知皇上对李德子有主仆之情,便把李德子在西路

军营的情况禀告了乾隆。乾隆顿时放心很多,又与讷亲商议六部有关之事。讷亲受乾隆之命前段时日私察六部并写下奏折呈与乾隆,乾隆看后连连点头,在讷亲面前大赞六部政绩,龙颜大喜道:"朕之六部好比龙足,使朕得心应手!"讷亲一听到龙足好似有人瘙痒于他,想乾隆不好意思说龙爪,故特意冒出个龙足来。"是呀,皇上,如今六部井序有条,部绩蒸蒸日上,全乃皇上雄才伟略啊!""也亏讷爱卿平日替朕严监六部,朕才可安心在宫中啊!听闻松江府产的棉布,有'衣被天下'的美名,但朕看来,它不仅是'衣被天下',还扮演了以江南为中心向大清国民间市井变化的主角啊。江南以外自行生产的棉物因无法对抗江南棉物的雄力而衰退了。另外,在周边地区,湖广的稻米、福建和广东的砂糖及烟叶、江西的靛蓝、景德镇的瓷器、佛山镇的铁等,各种物产登上民间市井,形成了地方区块的分工。"讷亲听了不由得更加尊爱乾隆帝,未曾料到乾隆帝深居宫廷,对民间市井情况了如指掌。乾隆翻了几个折子,又道:"地方上要提升有优越的特产,这样就可以使得富裕的地方把好东西往周边地区大量输出,再从周边地区吸引大量的白银,周边地方由于市井是开放的,不拿出白银的话,就不得不卖掉谷物,结果造成用来纳税的白银与粮食的欠缺,削弱了地方财力。为了向民间市井的强大中心力量对抗,周边区块的地方只好试着流出高值的货物,用

卷四 朝廷物资流通

手工制物的替代先前的生产，举国上下财物流通，才可恢复自立。"讷亲在一旁，道："皇上所言极是，自秦汉到唐宋朝代，中原向来富饶，我大清举国上下更是昌盛，民间自给自足不成问题。又，海外白银大量涌入民间富裕省份，以活化了谷物的流通，但确实带来了某些地方上的粮食缺乏。为了避免这样的问题，微臣认为在核心地区将改种谷物、在周边地区加强粮食的储备、在最远的周边地区实行纤维制品的自给自足等法令是必要的。但是，恐核心地区的乡民不愿回归到不利于交易的谷物栽培，作物改种难以实施。何不妨朝廷有重点地、在有一定市力的长江中游地带实行缓和米价剧烈高涨的仓储法令，在苦于因粮食输出而遭受饥饿的华北实行奖励纺织物的法令。"乾隆对此有点踌躇，眉宇间略微不是很满意，但一时也不能解决朝中所有问题，只好对讷亲说道："讷亲，那你速去江南替朕处理仓储谷物之事，特别是江浙一带，处于长江中下游，江浙特产的提升，你要特别重视。"讷亲跪地道："微臣此行一定不负皇上旨意。"乾隆又说："还有，爱卿所到之处，均以彩绘其人物衣冠状貌及风俗景色。朕会派画师封蓄含与你同去，协理彩绘之事；除此之外，朕还交代了另外几个臣子听你的指挥，你去江南前，可吩咐他们去苗疆、沿海南部，一并把彩绘带回！"讷亲明白圣意后，跪拜离去。

次日刚逢五朝殿，乾隆就当着文武大臣宣布由讷亲出

宫率几名臣子及画师去民间察访，为期三月，须回宫禀报各种实况，并绘制彩图呈献于殿。为求美图逼真，尽显工坊、农桑、耕种、节日等民间内容，所以又让六部中熟知工坊、农桑、河间、耕种知识的官员代表协助讷亲一同前往，并增加宫廷画师五名给讷亲。讷亲领旨后，在军机处会同皇上指派的官员、画师共商谈起程之事。过五日，讷亲"兵分三路"，分西北支、东支、南支三路，每支路配六部中三品官员一名，四品官员二名，懂科识者五名，画师一名，兵部军兵十余人，自己和一个叫封蓄含的画师列入南支路，定于每半月西北支、东支三品官员用飞鸽传信于南支，报讷亲绘图进展。西北支路执事三品官冯裴、东支执事三品官王拼风、南支执事三品官邱阮齐声说："喳！"他们便各分支路向宫外行去。

讷亲、画师封蓄含为方便议事，同乘一辆马车，讷亲道："江南风光绮丽，皇上让我们彩绘的图本可题目为《江南浣纱桑河图》，封大人是否觉得为妥？"但讷亲还未等封蓄含回话，只觉浣纱桑河四字累赘，正在拿捏之时，封蓄含道："大千世界，无不以美为最妙，既然讷大人还在考虑题名是否妥当，下官之见，何不名曰《江南纯美》！"讷亲听了果然比他取的彩绘图本名字更佳，并传达南支，南支的几个带品官员和科员领悟《江南纯美》的用意后，顿觉轻松起来，相比之前，要对江南多科勘察细绘，还不如抽出精力专业对付其中一两项更能出精品，这下讷亲下传题为《江南纯美》，也派南支执事邱朊吩咐小厮飞鸽通知东支路王拼风和西北支路执事冯裴可自酿美图主题，届时呈献给皇上。这几位带品官员和科员开怀大笑，科员梁逢源骑在马上，大声哼道："念水悠悠，念春悠悠，水春待吾一饮，江南待吾一晓！"其他几个科员纷纷跟着他打趣，有一人还臭他说："逢源兄，江南水多，正可谓三千弱水，但不知你饮哪一瓢啊！"梁逢源脸红起来，拿起马鞭向空中用力一甩，大声喊道："问天公！"骑马几人见状都哈哈大笑起来。

卷五　白鹿洞名媛

　　窗外梅枝初探嫩芽，两三个穿粗布短棉袄的人在梅林下用扫帚除雪，南方的冬末春初还是很冷，寒风带着点儿潮湿，那几个梅林下的人儿不时搓着双手，直叫冷。

　　"天儿这么冷，先生还叫他们在院子里扫雪。"三两个穿着白绒锦缎长冬袄的十三四岁的姑娘挤在窗轩上，望着窗外三四百米处叽叽喳喳。

　　"先生可能怕冻着了梅树。"这时袅袅云步过来一个十四五岁年纪的姑娘，头系两条细绿丝带，且长长地垂挂在白绒锦缎长冬袄背部两侧，随着莲步轻挪，背后的那两条绿丝带有如江南湖边的绿柳。

　　"代嫄，好漂亮哦！""嫄师姐，我也要系。"刚才那三两个叽叽喳喳的姑娘只见她系着像柳枝儿的细绿丝带向她们缓缓走来，在雪未融、草未生、花未开的日子里，"真漂亮，真漂亮！"她们拍着手嚷嚷。

"哥秋、夏蓬、翡翠……你们喜欢？那明日我便向先生请一日假，去街上给你们买些绿丝带，给你们都美上一美，可好？"系着绿丝带的代嫄开心地说着。

"先谢谢我们的大美人！""谢谢代嫄师姐！""谢谢代嫄哦！"……又是一阵细语，"哎，快去御书阁吧，再不去，迟了，恐先生怪罪！"只见她们小袖袂袂像一群白蝴蝶飞向御书阁。

"好，好，尔等都坐下，为师今日叫你们来御书阁，是想让大家知晓我们白鹿洞书院自唐贞元年间以来至今广为流传的白鹿故事，也是书院之由来。"坐在刚飞来的"白蝴蝶"丛中的那位尊者脸颊消瘦，此人不是别人，正是前几月从京城心灰意冷来到江西的张居，他在江西城门不料遇见旧友蔡绛，蔡绛说在庐山有茅舍一间，要请他前去一聚。张居次日便上了庐山去找蔡绛，哪知是蔡绛和他开了个玩笑，分明是个古树参天、亭台楼阁多至三百余间的大书院。蔡绛解释道："张兄之文才早已海溢四方，恕小弟用愚法把张兄骗至白鹿洞书院，只望张兄能来书院广泽弟子啊！"张居时值烦闷，见几只白鹿闲散在院中梅林下，顿觉心气爽朗，又感怀初到江西恐寂寞无聊，就答应了蔡绛，进了书院，闲来与蔡绛喝酒下棋或教书。说也奇怪，张居从不教男子弟，经好言劝说请蔡绛通过江西父母官向几位地方

乡绅和名门望族召了还未出阁的千金几名，美其名曰"淑女训"。从那时，张居就在这白鹿洞书院给那几个千金女学子授《淑女训》。"尔等，且等为师细细讲来。"张居面对着这几个乳臭未干的小黄毛丫头，清清嗓子，像位老者模样一丝不苟地道着唐朝那时的江西刺史李渤隐居时在庐山养一群白鹿自娱，做了刺史后在此兴"庐山国学"的故事。"白蝴蝶"千金弟子们个个竖着小脑袋痴迷地听着张居侃侃而道。

"怪不得，我们书院有白鹿。"夏蓬急着嚷道。

"为师还没有讲完呢，安静。"张居见夏蓬打断了他，用一根短细红木棒指着她呵斥，"为师现罚你作诗一首，就以这白鹿为题。"

夏蓬平时也会作几首小诗，就应了张居，想了想，便诗云："鹿儿来到白鹿洞,洞儿里书声云云,春夏秋冬鹿儿跑,白天黑夜书声响。"

"诗意可见，却字词诗句不够精练。夏蓬，你精灵但须多加努力啊。为师既开设《淑女训》，定要把你们每一个都教成窈窕淑女，故你们无论作诗还是课下言行都要谨遵淑女之风范，不望为师教导之心啊！"张居指出夏蓬作诗欠妥后又向"白蝴蝶"们说道，"有谁能作出比夏蓬之诗句更绝妙的，日落前写成小楷交与为师棋室。得魁者，为师奖之。"言后继续述说那白鹿与书院的故事。

卷五 白鹿洞名媛

"先生、先生……您再给我们讲讲故事嘛！"只见夏蓬和另一个小"白蝴蝶"嬉闹着嚷着。代嫄虽口不言，但是一双水灵灵的眼睛充满着对张居讲故事的期待。

张居不好推辞，便向北方尊位拱了下手，说："那为师就给你们讲一些当今万岁爷的事吧！你们都是名门闺秀，说不准，某一日被选进宫里做秀女！"

"白蝴蝶"女弟子们一下子静了下来，个个都好奇地注视着张居。只有代嫄用娇嫩的双手慢慢地折着宣纸，准备过一会儿题诗用。

"在前朝，国土没有大清的辽阔，朝廷在原前朝统御地区和琉球地区的族人的政法令，与在亚洲腹地周边的族人法令相比，是有明显区别的。对于华南和西南的族人，朝廷的法令是遵循汉人对其实行的传统治理方式，即让这些还处在原始状态的族人通过接受汉化的方式而开化，然而对于亚洲腹地周边的族人则采取不同的法令。"

有女弟子问为何，张居先不作答，然后又讲道："按照大清的疆域，分为'内'、'外'两部分。'内'即原先前朝统御的各个省份；'外'，即亚洲腹地周边的地区。大清的治国方式是：原先前朝的统御区省级以下的地方权力主要掌握在汉族官员手中，而腹地周边地方的权力则掌握在旗人手中。位于东北亚的满洲故土是由几名旗人总督管辖的。朝廷对西藏虽还不是直接的统御，但不久，朝廷的

驻藏大臣能够参与西藏地方政事。在更远的西部,与朝廷结盟的玛罕特被授予亲王衔,并纳入到大清的阵容里,但是以往下去,塔里木盆地可能会略微不同。"

"先生,您讲了这么多的内啊外啊的,这与皇帝爷儿有何关啊?"有个瘦瘦的弟子翘着嘴巴好奇地问道。

张居笑道:"凡事都有因,才有果嘛!"他环顾了他的女弟子们,接着说道,"当今万岁爷喜欢万民来朝,而这些臣民的习俗依旧是彼此孤立的。儒家传风中有把所有臣民的习俗都置于一个儒家君王统御之下的传统,乾隆帝的这一想法与儒家的这种传承是一样的。朝廷还试图扶植满族人、蒙古人、藏族人、维吾尔族人和汉人五种族人。这五族人所使用的言语被确认为朝廷的官用言语。皇家使团的翻译、字典的编纂和其他琐事促进了刚才所提的每一种言语的发扬。而大清的皇帝,为了保持与这些不同类型的人的密切联系,为了团结这些人,精通满语、汉语、蒙古语,并且至少要钻研一些藏语和维吾尔语。当今万岁爷,更不用说,通晓多种语言。"

张居说到这儿,停了一下,让女弟子们私下小声议论着这位儒家的君主——乾隆,又被亲王们尊称为"圣主"和被蒙古人称为"可汗"。

"现如今,朝廷对反满运动都迅速在平定,事关朝廷之事,本不是我们师徒所能言的。为师也是一时兴起聊聊,请各位弟子出了书院,可不能随便口口相传!"

"弟子谨遵先生教导!"女弟子们齐声答道。

张居又说:"国富民强,人口越来越多,农物也迅速增多,茶叶走往海外越来越多,大量的白银涌入我们大清,市井商团越来越繁盛,当地的和远方市井的农人和做手工活儿的人都参与进来,皇帝万岁爷也好像试图在实现他万千臣民的愿望。"

快月露时分,"白蝴蝶"们有的早已把以"白鹿"为题的诗句用楷体写在宣纸上折好准备去张居棋室,有两个则愁眉苦脸不知该如何下笔,坐在暖炉旁的代嬛思绪飘至窗外,见梅林暗暗惊喜,小脸蛋忽红至两颊速而晕染成两朵小蔷薇似的,娇嫩得美艳动人。她突发其意,觉得把诗句写在宣纸上还不如写在丝绢上更有趣,只见她掏出一块半尺见方绣有似如意底的小丝帕,用小楷不紧不慢地写上:

白　　鹿

洞梅未探旧枝条,

白鹿却冷风雪下;

暖春欲衣寒冬身,

自娱深念李师恩。

写完诗句后留了"代嬛"二字,待墨迹干后,把它折

成一朵小蝴蝶跟随师姐师妹们同往张居棋室,因张居自从到了白鹿洞书院后,每当日落时分,便约蔡绛在棋室一同下棋。

刚与蔡绛下棋的张居见自己的"白蝴蝶"弟子们来交诗稿,便起身迎上前去,道:"好,好,好,放下,为师一会儿便看,你们且先行退下。"张居拿了诗稿又回至棋桌旁,笑道,"蔡老弟,下棋,下棋,哈哈。"

"我说,张兄啊,自古以来,谁愿在书院开设淑女训,若不是小弟受张兄所托,苦求江西父母官,几家名门和乡绅才放心把闺里的千金宝贝送到我们书院来,张兄此举真是独创呀。话又说回来,自那几家千金来书院读《淑女训》后,言行举止都更似大家闺秀,现慕名而来的望族家长还排队等候张居兄再新收女弟子呢。小弟,佩服张兄之远见啊!"蔡绛见他的一群漂亮如花的女弟子们便想起张居当时初授淑女训的情形,拱手说道。

"蔡老弟,愚兄招纳女弟子,是有感很多兰心蕙质的闺房女子只读子经女学,可惜了呀。我饱读诗书,但未见有哪本书籍为传授女子淑女风范而深研的啊,故我在书院自创'淑女训',为求天下女子诸如淑女。"张居停下手中棋子叹道,突想起在京城相见的哈夫人就呢喃起来,"回女亦美哉,夫人可平安……"

"张兄,谁是夫人?莫不是你已有妻室?"蔡绛从未听说张居娶妻，听之便疑问。

"一支孤竹也，哈哈！蔡老弟见笑了。哦，对了，蔡老弟若有雅兴可否和愚兄一起看看那些女徒儿们的诗作如何？"张居不小心为提起哈夫人，怕蔡绛看出自己有想念她之意，便打岔道。

"此乃小弟乐事，哈哈！"蔡绛忙跟张居离桌去看"白蝴蝶"们交过来的诗稿。他们差不多看了五六篇，良次各有，蔡绛连连评出自己的想法，觉其中一两首还可以，不停地晃着头称赞张居的淑女训效果显著。张居却未见一首称心如意的诗句，只觉自己还得深下功夫。

"张居兄，这是什么？一只蝴蝶，哈哈，还是丝绸的呢？"蔡绛在诗稿中拎起一只用丝帕叠作的小蝴蝶，好奇地交给张居。

张居一手慢慢拆开丝帕上的结，铺平后看之，一手指向蔡绛笑道："蔡老弟，看你这好奇样儿，愚兄在这儿授课二月，早就见怪不怪了。我这群女徒儿呀，调皮精灵得很，这只丝绸蝴蝶是她们其中一个淘气之作呀，哈哈！"

蔡绛细看这蝴蝶打得雅致，丝帕干净又沾着香花味儿，帕之丝绸腻而滑手，又见张居摊开丝帕露出"如意"底，小楷字体端庄俊秀，凑趣道："张兄，小弟不以为然，淘气之作哪能生得如此芬芳典雅，依小弟看来，莫不是这位蝴蝶弟子仰慕你这位饱读诗书的翩翩美少年呀！"

"愚兄已三十有余,哪还是少年郎啊。莫取笑,莫取笑。快看诗且如何?"张居念起丝帕上的诗句:

白　鹿

洞梅未探旧枝条,

白鹿却冷风雪下;

暖春欲衣寒冬身,

自娱深念李师恩。

——代嫃

念完后,张居和蔡绛不约同声道:"妙哉,新也!"张居更是喜出望外:"此诗让人可谓耳目一新也。"蔡绛也觉较之前面认为还可以的那几首:"风寒梅花鹿儿惊,雪洒林树仆人扫……""一地一雪几人除,红窗兰轩忘白鹿……"字句精练多了,在旁默默赞许。

夜静入睡时,张居突然想起代嫃的诗,嘴里念道:"自娱深念李师恩,自娱深念李师恩……"心想,代嫃却机智地把白鹿喻成自娱,用以形容白鹿在书院梅林下怀念李渤的恩情,代嫃能写出如此清新的诗词,怎会笨到当年李渤在庐山养白鹿只是自娱,白鹿何须感恩于李渤呢,分明是自娱,双关代嫃自己之意,自己娱喻白鹿矣,借诗句向张居深切传意,即使张居拿代嫃徒儿如养鹿儿以自娱,代嫃仍感恩于张居先生。"好一个代嫃啊,冰雪聪明,还十分

卷五　白鹿洞名媛

机趣！"张居睡意全无，欣慰自语道，心中默默立下好好栽培代嬛的念头。

在书院的一雕花单檐楼里，烛光微亮，代嬛和几个师姐师妹凑着小脑袋睡不着，讨论着明日由代嬛可能上街去买绿丝带的事。三更敲响后，则纷纷躺下睡去。代嬛躺着透过用白纸糊的窗依稀可觉月色朦胧，她在揣摩先生看了她白日作的《白鹿》，会怎么想。代嬛依依似语："先生，你可曾知代嬛诗中之意？代嬛似白鹿恩怀先生，可你是否愿做那枝，可否愿等那梅啊？"代嬛粉嫩的脸上又开始晕红起来。

卷六　斗　诗

　　乾隆下朝回到养心殿,代替李德子的太监方平伺候他换了件绣着天、地、日、月、星、龙、海等图案的龙袍,用膳后,去娴妃寝宫逛了逛,便和方平几个尾随的太监来到了御花园。乾隆见园中苍松碧绿,寒梅待放,一时有了施展拳脚的兴致,于是拔起青宝龙剑鹤舞起来。那几位太监被乾隆玉树临风、潇洒英武的剑术莫不自惭。哗地一声,只见剑从乾隆手中飞向苍松树枝叉间,削落了三四根沾着雪花的绿枝条,接着腾身往松树一跃,唰地一下接住宝剑,稳稳地回到地面上。方平急着嚷道:"皇上,雪地路滑,小心啊!天寒地冻,皇上千万别受了寒气,还是让奴才伺候皇上回养心殿吧!"乾隆咬住辫头一甩,"看剑!"龙眼一瞪,神马飞奔之速把剑架在方平脖子上,方平不知乾隆何意,竟然抖擞衣襟,欲张口又怕锋利的宝剑刮伤他的

卷六　斗　诗

脖子，呆立着等乾隆发落。"哈哈，胆小鬼！"乾隆淘气地收起宝剑。

其实乾隆练剑的那时辰，皇太后刚从宫内佛殿祈福回慈宁宫路转御花园时，望见一园的残雪枯枝便想起先帝雍正曾在御花园陪她吹丝弹乐，如今帝宠妃舞的岁月一去不复返，伤心郁郁时忽见玲珑石山背后的绿松旁剑飞风喝，听见"皇上，皇上……"有太监呼喊声，就让宫女参香搀扶着赶至石山松树旁，果然是她皇帝儿子在寒风中练剑，还冒了一身的汗，甚觉心疼，便掏出挂在凤衣右襟上中位置福寿扣上的褐黄丝帕，要给乾隆拭汗，乾隆觉得当太监面儿皇额娘把他当孩儿照顾深怕太监们笑他，连忙扯下丝帕自手擦掉脸上的汗珠，谢道："皇额娘，儿臣自己来！"御花园这个气节忽而起风忽而闹出点婴儿般小的太阳，乾隆扶着他的皇额娘没有久待很快回了慈宁宫。

皇太后让乾隆在慈宁宫用了晚膳。

乾隆回后，只独处寝宫阅书，这晚倒未召哪个妃嫔。方平在龙案旁提着拂尘伫着，偶尔打几个哈欠，看乾隆万岁爷在灯下不停地翻阅书卷，也强打起精神来。

宫钟鸣，乾隆打了个哈欠，唤方平伺候脱下龙袍，并端来温水拭了双手、净了脸，坐至龙床，正欲躺下，却座下有硬物，呵斥方平道："方平，是不是你不想服侍朕！"

方平是李德子的干儿子，自小打进宫里头，李德子就

苦心栽培这个唯一的干儿子，只想让他跟着在皇宫里好好伺候主子，相依为命。方平在干爹李德子膝下倒孝顺勤勉，人也长得灵活聪慧。李德子被充军后，养心殿、乾清宫，只要乾隆在哪里，他就替李德子跟随哪里，服侍哪里，渐渐掌握了乾隆的癖好，也还让乾隆满意。这不，乾隆从龙床上起身，大声朝他呵斥，他惊恐中也很快觉察到是龙床出了问题，低头哈腰短步跨向龙床前，用手从左到右横手一摸锦缎，心里纳闷："怪了，白天自个人儿检查过龙床，怎出了个硬邦邦的东西？"忙掀开锦缎单，大叫："皇上，如意！"

乾隆眉角一扬，定神望去，清黄杨木透雕灵芝如意。方平在李德子出事那会儿知道点什么清黄杨木，什么灵芝如意，但未曾见过，这下也跟着一惊，双手拾起呈给乾隆，乾隆细看后发觉柄部如皇后、冯常在、李德子所说雷同——原来的两朵小灵芝不见了。

"皇上，奴才听说如意破碎后不翼而飞，怎会在万岁爷的龙床上呀，有刺客，一定有刺客！请命奴才叫御林军！"方平躬下腰身请示道。

"不必，若有害朕之心，朕此刻岂能轻松与你说话。但还如意之人为何要这么做呢？"乾隆不解起来。方平更是迷惑。

次日晌午时分，乾隆把如意被偷还之事告诉了皇后，皇后听了也先是一惊，而后镇静地向乾隆说道："皇上，偷如意人若只想偷宫中宝物，那就用不着这样归还给皇上；若是想借冯常在和李德子打破如意之事陷害于他们，但臣妾素闻冯常在和李德子从不走近，应该没有共同的敌人，下手之人莫非只对其中一人，若是，那冯常在和李德子哪个嫌疑更大呢？"

乾隆听着皇后的分析时不时的默默点头。"察儿，那你觉得哪个更有可能是下手之人的目标呢？"乾隆追问道。

"下手偷如意之人竟然在皇宫皇上面前摆下迷棋阵，那我们就来破这个棋！"皇后朝乾隆轻微一笑。

"察儿，你有何好方式，快，说与朕听听？"乾隆向来都喜欢皇后富察氏过人的机智。

"皇上只要给臣妾一枚棋子，臣妾便可不费吹灰之力帮皇上破了这迷棋。"富察氏还没说完，乾隆早开心地把她的玉软香身拥入怀中。娇嗔声从她丰满柔和的红唇里轻喊出，乾隆用手温柔地撩开她黑亮的发丝，满怀深情地亲吻她细腻白嫩的双颊，然后顺着眼角吻至白皙的玉颈。

方平这时候识趣地吹灭了灯火，让左右太监、宫女悄悄退下，便关了寝宫门。

且说江西庐山白鹿洞书院，张居见代嬪午后独自来寻他说是要去街上买绿丝带的事，道："代嬪，昨夜为师看了你的诗句，你虽是此次《白鹿》诗题里夺魁者，但诗句

并非绝妙,好在你的诗句附了一幅图,图文并茂,很是新颖,比其他弟子肯用心思。为师这次少不了嘉奖你!"

"代嫔才疏学浅,须请先生多多教导。我定会努力学习,望不辱先生门风!"代嫔见张居年轻潇洒又饱读经书,只觉孤身对视很是紧张,故而说了些严谨的师生常话。

"为师在御书阁曾说过《白鹿》魁首者有奖励,你想上街去买绿丝带,那为师就准你一假当之为奖励,但街上什么人都有,让陈书兴陪你前去。"张居准了代嫔的假,也吩咐从京城带来的文书陈书兴。

随后,代嫔由陈书兴陪同下坐一马车往街巷慢慢跑去。

而在书院,张居当着众多弟子的面,把代嫔的《白鹿》诗作当作榜样示众。张居卷开代嫔那一尺丝绢,见俊俏秀字在一幅绣着"如意"图的右上角,恭敬有序地写着。让在场的女弟子无不惊讶丝绢上"如意"的惟妙惟肖。

夏蓬生性活泼,看见素日亲密的代嫔夺得诗魁,附图也是精致,就好奇地问张居:"先生,这如意是什么?有点像灵芝,也有点不像?"

"是呀,是呀,先生,是什么?"其他女弟子也嘟囔着问他。

张居于是说:"据昨日代嫔描述她的诗作,这图里的如意不是灵芝,是长在钱塘一个湖里的莼菜,代嫔说小时候得了时疫,用它作汤羹后服用,过了两日便好了。在她

卷六 斗 诗

眼中，这莼菜便是像灵芝如意一样珍贵。她按照灵芝如意的形状把她记忆中的莼菜画在了这丝绢上。还说，日后有空一定要绣起来。"

"代嬽果然聪慧，如果画了灵芝如意，不觉新意，倒是这绿绿嫩嫩的莼菜，不俗！"一个平日里不作声的女弟子这时候突发其言。

"诗也有了，画也有了，代嬽说要绣起来。不妨我们各自绣一幅，让先生评论谁的绣图更好啊？"夏蓬出了此想法。

"为师给大家评论诗画还可以，但若让为师给评论绣图，那还真不行。这个你们空闲的时候可以绣几下，为师就不过问啦！你们还是来个斗诗吧！"张居看一群"白蝴蝶"兴致盎然，他也哈哈大笑。

"白鹿朦胧睡去，明月皎洁高悬……"几个女弟子纷纷作诗，"少女不识鹿滋味，爱上白鹿，爱上白鹿……"

"飞雪带笑吹白鹿，空有柔情鹿无情……"夏蓬想作一首有情爱的诗句，但还是不行。只好吐吐小舌头做了个鬼脸。

……

那一日，"白蝴蝶"们尽情地作诗，更有趣的是个个都兴高采烈地"斗诗"。

张居对着她们说道："谁第一，谁最后，并不重要。

斗诗主要是激发大家作诗的灵感！"

大家都觉得先生的话有道理，所以斗了一日的诗，并未有胜负。但是大家都很开心。

卷七　西国清水珠

　　马儿哒,铃帘飘,眉开红颜,腕儿摇;鸠儿鸣,琴瑟和,摇曳在河,洲儿伴;欢尽青山绿水笑离庐,作七女,一日;啊……添妆奁,红蓝……啐!马儿哒,铃帘飘……代嬺独乘坐在马车厢内一会儿歌声莺啼燕啭,陈书兴和马车夫二人坐在车厢外听着她临时编唱的小调乐着吆喝马儿,哒哒哒,马车驶了约两个时辰,便到了街上。马车夫吁的一声长叫,马儿乖乖停住了蹄子,他跃身下了马车,取下垫脚凳,给跟下马车的陈书兴踩脚,陈书兴下来后便掀开帘让代嬺小心慢着点下,代嬺下后,陈书兴让马车夫守着马车在原地等候,他按张居的吩咐陪同代嬺向街市绸缎庄铺慢步走去。

　　"鹧鸪,你先去前面看看,可否有适合我们住的客栈?"哈夫人对鹧鸪说道,身后还跟着两个眉骨深凹的外族大汉。"是,夫人,我们初到江西,人生地不熟,夫人不可独自行走啊!"鹧鸪说完向那两个大汉叮咛后,系在她头上的

浅紫色面纱轻轻一扬便闪路离去。哈夫人和鹞鸪都是回回人，故每每都系面纱，从西路军营哈将军府到江西，途中累死了五匹日行千里的快马，她们才策马赶到了江西。哈夫人头上琥珀色的面纱，倒没有鹞鸪的紫纱轻透，厚沉的有点儿透不过气来，小撮街人见之觉新奇，于是在旁嘀咕。哈夫人和那两个汉子不理会，向前走去。

"老板，给这个，扯二尺。这个，再来一点。"代嫃在一个名叫"彩绸庄"的绸缎庄铺细细挑选绸缎的色泽、手感，让彩绸庄老板量了她选好的缎子，陈书兴见代嫃挑得甚好，价格不贵但色泽和手感都还不错，付了银钱他们就从彩绸庄出来想回马车。代嫃心里想着给张居买个墨砚，俏皮地向陈书兴说："好容易上趟街，辛苦你了，刚才买了绸缎，这不记起还要买个书房器物。我认得回路，你又在马车上坐了两个时辰，你且先回。我买了器物便立刻回来。"

陈书兴见彩绸庄离那马车只隔了十余间铺子，听代嫃说道，确实感觉有点疲乏，便叮嘱代嫃："代嫃姑娘，那我先回马车等你回，你可不能走远，就在这街上买了器物赶紧回来。"说完取下她手中的绸缎便朝来路的方向且仍留着他那书香子弟的步调踱步回去。

代嫃从彩绸庄铺门沿右逛去，未见有卖墨砚的铺子，倒在一个书画摊上见摆着三四个墨砚，喜出望外，便向卖画的人买了墨砚,莲步袅袅地回陈书兴那儿。啪的一声,墨砚从代嬺玉手里被撞落,她顾不得是谁撞落,俯身蹲下拾起那一小块碎片,纤指细摸着蹙眉暗叹:"先生的墨砚啊!"

"姑娘,小心手!"哈夫人双手扶起代嬺,责其中一汉子,"沙狼,快向这位姑娘赔礼!"

"姑娘,请恕在下鲁莽,方才不小心打翻了姑娘的墨砚!"称沙狼的汉子携剑向代嬺行了个汉礼。

代嬺突见眼前两个身材魁梧、双目深陷眉骨的外族大汉和一位系着琥珀色面纱的异族妇人,顿觉惶恐。

"姑娘莫怕,我等不是坏人。我们是回回人氏,初来江西,不慎打翻姑娘墨砚。"哈夫人见代嬺紧张便猜想她可能是第一次见他们这样外族打扮陌生人氏,亲和地安抚道,又从衣中荷包里掏出白银一锭,赠予代嬺,说是赔墨砚的银钱。

"不,这个元宝可以买很多墨砚,我怎可收下。"代嬺拒之。

"姑娘,收下吧。"沙狼粗声劝道,眼见美丽的中原女子,羞得大脸赤红。

"我知道你们不是故意打破墨砚,怎能怪你们。"代嬺执意不肯收那只银元宝。

"沙狼,你快去找鹩鸪,问她此城是否有卖贺兰石的

铺子。我想送贺兰石给这位姑娘。"哈夫人吩咐沙狼速去追鹧鸪。沙狼又携剑向哈夫人拱手应是,也向代嬽一拱手作了揖,便夺步而去。

"姑娘芳名,可否告诉在下?"哈夫人打量着代嬽,只见她姿色天然,眉似新月,丹唇皓齿,手如柔荑,腰若流纨素,清喉娇滴啭,果然是"燕支多美人啊"。

代嬽也细细打量了哈夫人,虽异族打扮,琥珀纱巾面掩,却隐隐透着一副善德雍荣之气,又为打碎了一只几分钱的墨砚再三赔罪,甚感礼仪可嘉。便施了个女礼,道:"小女名唤代嬽。"礼后又问道,"小女不知怎样称呼夫人?"代嬽心里并不关心对方是何人何名,因被问之其姓名,故回问对方以作礼貌。

"代嬽姑娘,看你年纪和我子女相仿,你叫我哈伯母便是。"哈夫人看着楚楚动人、宛丘淑媛,露出了久违的笑容。

"哈伯母!"代嬽称问,"贺兰石是何物?为何要相赠予代嬽。"

"代嬽姑娘,贺兰石产自我们回回,是我们回回的宝物之一,用贺兰石制成的墨砚,墨汁放其中,三至五天都不会干。"哈夫人耐心地向代嬽解说,说起回回的贺兰石不禁自豪起来,"哈伯母第一次来江西,也很少来中原的南方,今日遇见姑娘,又觉你清纯善良可人,哈伯母很是高兴,愿送贺兰石墨砚给你。"深爱故乡的哈夫人每逢遇

卷七　西国清水珠

见她欣赏的中原人士，便会很自然地把她心中回回最美丽的一面给传达出来。就如前几月在京城张居府邸，给张居唱得回回茶诗词。眼下，她想把贺兰石给代嫄似乎有着相同的心情。

"多谢哈伯母，既然是哈伯母家乡贵物，若我拒之，恐哈伯母伤心，代嫄愿受之。可贺兰石既是回回宝物之一，想必甚为昂贵，若哈伯母愿受代嫄一谢，代嫄心里才会安好。"代嫄惶恐早无，这样说道。

"哦，呵呵，代嫄姑娘，那说来听听，你怎么谢哈伯母。"

哈夫人和另外一汉子听代嫄说还要一谢他们，觉很有趣味。不曾让她谢，只是好奇她想怎么谢。

"哈伯母，叫我代嫄即可。那请随代嫄走百米路，哈伯母便知。"说着代嫄让哈夫人和那汉子随她回马车。

"姑娘，你可回了，爷正等你呢。"马车夫见代嫄回，便叫醒了在车厢内打盹儿的陈书兴，马车是张居让陈书兴在书院外雇的，马车夫只知陈书兴是他的雇主，便称陈书兴为爷。

"陈文书……"代嫄垫起一对小金莲，小脑袋探进帘子叫里面的陈书兴，陈书兴这才从酣睡中醒来，眯眼睁开，见代嫄回，赶紧出来下了车，欲让她回车厢内。

"等等，方才我买了墨砚被人打碎，那几人是回回人氏，但甚知礼仪，定要拿物赔礼，我不肯受之，却生了相

赠贺兰石予我之事,我恐多收,故想一谢他们才愿收下。"代嫄见陈书兴露出好奇之情,又继续说道,"故欲与陈文书商量,请他们前往书院,以作待客之礼。"

"代嫄姑娘,白鹿洞书院礼仪四周,向来欢迎斯文,故你不必多言,但不知他们到了书院,怎生待之?"代嫄还未答话,陈书兴忽然想起京城时张居三爷在府中待客过一位回回夫人,还听老石说起过那位回回夫人不仅雍容华贵,还很有才识,但老石没有告诉他那回回夫人姓何名谁,且说张居三爷到了江西庐山书院,他几次瞧见三爷书桌上描绘那夫人的颜容,便暗暗欢喜:"啊,今日若随代嫄心意把回回人氏邀约至书院,说不定和三爷投缘,可解三爷痛思之情啊!"想到这儿,故向代嫄又说道:"哦,没事,就按你的意思,请他们随我们回书院,好生相待,好生相待!"代嫄眉眼笑成了新月。

代嫄碎小莲步,站在哈夫人和那汉子面前,右侧一礼道:"请哈伯母前往代嫄读的书院可好?乃江西庐山白鹿洞书院,乘骑约两时辰。"

"若是我们无须一个时辰便到。"站在哈夫人身后的那汉子兴奋地插话说道。

"勿失礼!"哈夫人让那汉子不再说话,向代嫄说道,"代嫄,哈伯母就先谢了你的好意,且等沙狼他们回来,便可同去。"

卷七 西国清水珠

马车旁,哈夫人、陈书兴、那汉子互施了见客礼,便在车旁等候沙狼和鹞鸪回。因回回有种特殊的燃香,百里内几人分散但若身带同一种香味的燃香,寻踪者只要持香便辨别另余持味相同的燃香便可寻到对方行踪,哈夫人和沙狼、鹞鸪用的是叫"百里不点香"的一种燃香,但旁人却闻不出来,因若想让"百里不点香"发挥作用时,须和龙火石一起紧密包裹,而绝非用土火燃之,故哈夫人这会儿让那汉子掏出一牛皮小包,检查了龙火石和百里不点香,安好。汉子朝哈夫人轻轻点头暗示,哈夫人会意,心中知晓沙狼和鹞鸪很快便可来此会合。

陈书兴站在车厢窗下方,时不时偷偷望着几步远的哈夫人,脑中回忆着张居三爷桌上的回回夫人之画,比较之时觉得身段很相似,不同的是那画中的美妇人面系葵绿纱巾,而眼前的这位回回夫人却系着厚得直叫人生闷的琥珀巾。陈书兴没有多想,只关心几时起程"打道回府"。

"夫人,鹞鸪和沙狼回来了。"鹞鸪和沙狼不知从哪里牵了四匹健壮的马,声音方落,他们就在哈夫人跟前回禀道,鹞鸪还从其中一匹白马的鞍上取下一个包裹,从中取出一块玲珑剔透的墨砚给哈夫人,道:"为买贺兰石墨砚,让夫人久等了。"

"鹞鸪,你行事越来越有成效了。一个时辰内就找到了贺兰石墨砚,还把系在街头的马也跟着牵过来了。好,好！来，快见过代嫄姑娘和陈文书，沙狼，你也见过陈文书，走，鹧鸪，你们骑马跟随在马车后，我和代嫄同坐车厢内。"哈夫人说完后，便与代嫄上了马车，"驾，驾……"马车夫驾起马车朝书院赶去，陈书兴仍坐在马车夫旁，不同的是，回去的路上，陈书兴不断地催促马车夫让马儿跑得快一点，说是天快晚了，要在日落前赶回书院。

马车夫挥舞着手中的鞭子，马儿拖着马车使劲地跑着……哈夫人贴身携带的一个青色锦盒也随着马车轮的滚动在车厢里一晃一晃的。

许久，车厢内无声，原是代嫄倚着帘子睡着了。代嫄在迷糊中醒来，只见哈夫人仍紧紧地捧着那一青色的锦盒，好奇问道："何物，让哈伯母甚是宝贝？"哈夫人见代嫄人善，便坦言道："不瞒你说，这是我娘家之物，也是我陪嫁物品中最特别的一件。"说着拉下帘儿，小心翼翼地打开锦盒给代嫄瞧瞧。代嫄见锦盒里隐隐发着淡淡的蓝光，晶体通透万分，一看便知甚为昂贵。"哈伯母，这是夜明珠？"她惊讶问道。"这呀，比夜明珠还管用，它是西国的清水珠！可解奇毒。"哈夫人耐心说道。"如此难得之物，哈伯母可要妥善保管！"代嫄看着哈夫人说道。

沙狼骑在一匹棕色健马上，左手拉着它的缰绳跟在马车后面，右手则拉着哈夫人的白色千里马的缰绳，一路驰骋，鹧鸪和另外那名汉子尾随其后。

卷七　西国清水珠

鹞鸪健马长蹄一跃，不须叫停，马儿便在马车前方几个跨步远处停至，马车又随着吁的一声长叫在白鹿洞书院门口停了来，沙狼和另一汉子紧跟着在马车后方落停，鹞鸪接了哈夫人和代嬺下车。

入院内，哈夫人、鹞鸪和沙狼两汉都目瞪口呆，真是歇山重檐，翼角高翘，回廊环绕，甚为清幽和肃穆，又见漱石流杯，白鹿喜逐梅林下，捧锄院仆撬污土，小心稀草露尖头，道不尽的风景宜人啊！代嬺和陈书兴随引他们穿过长廊，穿礼圣门，只听传来阵阵读声："格物、致知、诚意、正心、修身、齐家、治国、平天下！格物、致知、诚意、正心、修身……"至钓台，水浅碧流急，见圣殿，右转六十余步，到春风楼，入内堂室，见墙上挂《朱子教规》，如下：

右五教之目。尧、舜使契为司徒，敬敷五教，即此是也。学者学此而已。而其所以学序，亦有五焉，其别如左：博学之，审问之，慎思之，明辨之，笃行之。右为学之序。学、问、思、辨四者，所以穷理也。若夫笃行之事，则自修身以至处事、接物，亦各有要，其别如左：言忠信，行笃敬。惩忿窒欲，迁善改过。

……

哈夫人细细观之。陈书兴先行通报张居。哈夫人命鹞鸪取出贺兰石墨砚赠予代嬺，代嬺言谢后藏于帕，细语详释《朱子教规》。

"不好了，不好了！"陈书兴去通报张居的途中折路而返，一边跑一边向代嫃等人大喊。

"怎么了？"代嫃见神色慌张的陈书兴忙问道。

"中毒啦……全中毒啦……"陈书兴上气不接下气地说着，慌乱中用手指着他身后喊道，"那边，在那边……"代嫃顾不得说什么，急忙朝着陈书兴所指的方向跑去，其余人见状也紧跟而去。

只见西角两棵大梅树下，张居和"白蝴蝶"弟子们全都东倒西歪地躺在泥地上，且个个脸色苍白，嘴唇发紫。代嫃扑倒在张居身旁，慌乱中抓起张居的手腕，深吸了几口气，才镇定了下来，开始为他搭脉。幸好她小时就随云淳大师学过时疫治疗的脉诊，一会儿工夫，她就确诊张居中了水毒，再为众师姐们脉诊，果然都是中了水毒之症。代嫃一时也找不到解药，只好请陈书兴去把她平日里常佩戴在身上的浅绿锦囊取了过来。

陈书兴去取浅绿锦囊时，哈夫人和鹧鸪时不时低语着，也不知在谈论什么。倒是代嫃，接过锦囊后，小心地从里面取出几朵风干了的茶色莼菜，然后请哈夫人、鹧鸪几人帮忙一起喂入张居等中毒人的口中。

"这有用吗？"哈夫人疑问。"这是莼菜，在没有解药的情况下，先用它缓解一下。"代嫃说到这突然想起在马车里，哈夫人给她见识了可解水毒的西国清水珠，她忙

卷七　西国清水珠

跪求道,"哈伯母,实在是对不起!我想借你的西国清水珠一用。""快起来,就算你不求我,我也会用西国清水珠救他们!"哈夫人说着望了一下昏迷的张居。代嫘没有多虑,忙接过哈夫人的锦盒,取出西国清水珠,并按照哈夫人的嘱咐,让陈书兴去鹿眠场北面的寒泉里打了一桶极寒之水,待清水珠放入桶水中小泡一会儿后,寒气愈来愈浓,代嫘等人趁时让张居和中毒的"白蝴蝶"们喝下桶中寒水。

半炷香后,水毒解。

卷八　顶水舞乐

乾隆正晚膳，方平呈上"绿头牌"，乾隆选了娴妃。

娴妃沐花瓣浴，着蚕丝薄蝉翼袖花裙，髻绾蝉翼状留小缕黑发后垂至流纨素间，黛细眉，缀朱丹，被两个太监用一条淡黄厚锦严严包裹好迅速抬入乾隆寝宫内龙床上，娴妃被褪去厚锦，滑进龙被内，静等乾隆临幸。

太监熄灯，退出，宫门外待守。

娴妃娇吟，像一只漂亮的蝉美目盼兮，乾隆霎时顾不了那六宫粉黛、七十二妃，缠绵浓情，似游蓬莱……

日出，方平在绣着金龙戏凤的金黄纱帐外轻喊："皇上，早朝时已至，请皇上更衣！皇上，皇上。"乾隆被惊醒。

娴妃逗趣还躺在被褥中的乾隆："臣妾不想皇上去早朝嘛！"

"娴妃，朕的爱妃，"乾隆虽一代明君，终也难舍美人怀抱，旁若无人地把候在金黄帐子外的方平"晾"在一边，又细吻了娴妃耳垂一遍，接着耳语道，"昨晚爱妃美如蝉翼，朕怎舍得离去。"

娴妃心花怒放，对风流乾隆依依不舍，恐在大殿上等候的大臣们指责她侍君妖娆，只好收去刚才逗乐乾隆的玩态，"识大体、顾大局"似的催促起乾隆快点更衣去早朝。乾隆依美人穿戴好朝冠便去早朝。

皇后来乾隆寝宫见到娴妃，娴妃向皇后施礼。少语后，散去。

乾隆在大殿上问百官："讷亲率六部官员和宫廷画师等，远去察访民间工坊、农桑、耕种等事，并在三月内呈美图，现此事进展如何？"

"启奏皇上，军机大臣讷亲已飞鸽传书于军机处，分西北支、东支和南支三支队伍，讷大臣随南支队前往江南。详细已列奏本，请皇上过目！"军机处一大臣说着呈上奏本。

乾隆看后，赞许讷亲。

"启奏皇上，西路军营报，原皇上身边的李公公李德子被发配充军至西路军营，因触犯军纪，理应当斩，西路军营将军念其曾是皇上身边的人，故不敢妄自定案，还请皇上定夺！"兵部尚书启奏。

乾隆龙颜大怒，拍案大声喝道："若是触犯军纪，理应当斩！即使是朕身边的公公，也绝不能例外！"

"皇上息怒,李公公属忠厚之人,老臣素闻李公公当日被遣去西路,可无一点怨言啊!怎会冒出个触犯军纪之罪,事有蹊跷啊!"三朝元老史贻直恳求重审李德子案事。

"那此事就交由史老爱卿去审办!"乾隆曾在即位不久时就赐给史贻直雍正帝遗赠的鹅黄蟒袍四团龙补服,对他甚为器重,听刚才所言,也觉李德子先前确实忠心可见,就拟了圣旨让史贻直重审。

乾隆继续问了朝中另几件大事后,退朝后去娴妃寝宫路经畅春园。园中一老嬷嬷率四五个奴婢很远望见公公和宫女们跟随着乾隆朝南面花径走来,赶紧退至路旁树丛下,跪地,乾隆快至,她们齐声高呼万岁爷吉祥。

乾隆至娴妃寝宫,娴妃已让御膳房准备了乾隆爱吃的肉丁莲子酒炖鸭、羊肚片、猴头菇,外加一壶松陵太平春酒。乾隆让娴妃斟酒,唤乐师奏《高山》和《草堂琴谱》,抱着娴妃美滋滋地喝着太平春酒,听着美妙的乐声突然兴致勃勃地要给娴妃御手丹青一幅。方平笔墨伺候,乾隆便龙飞凤舞一气呵成,乐得娴妃投怀送抱,乾隆更是春风得意。"惜此身当太平日……沽得郫筒好春酒,不辞风露下……"乾隆畅怀抒吟。

从娴妃寝宫回,又路经畅春园。夜微深,乾隆醉意蒙眬,只听得园中石台旁一舞女顶水起舞。乾隆让身后一杂人暂不要惊动那舞女,自己却上前欲瞧个仔细,只见那顶着水

卷八 顶水舞乐

壶的舞女其舞姿异域而且优美,还向酒醋房漫步舞去。

乾隆偷偷跟了过去,见舞女在酒醋房继续动情地扭动着细腰,不由得拍手叫好。舞女一惊,头上的水壶便打落在地,还不偏不倚溅湿了乾隆半身的衣。乾隆醉意顿消,舞女忙跪地求饶。乾隆让舞女抬起头来一见,甚是面熟。半晌,才认出眼前之人就是打碎清黄杨木透雕灵芝如意的冯秋水。乾隆也是有碍于皇太后的面子,其实内心深处也不见得要罚这些后宫的可怜儿,见冯秋水一身单衣,便假装说道:"你看你,做了宫女,也不见得消停。朕的半身湿衣,该如何是好?""皇上,奴婢知罪。"冯秋水忙向乾隆磕头。乾隆见吓到了冯秋水,暗自偷笑,又假装不在意说道:"免了,起来吧!只是朕不想让旁人知晓今夜之事,你速取暖炉把朕的湿衣烘干。这个是什么?"乾隆边说边脱了衣袍,见桌上几碟精致的小菜,饶有兴趣地问道。"回皇上,这是奴婢做的小菜。"冯秋水说着端起其中一碟小菜呈至乾隆面前。乾隆也不用试毒牌,顺手拿起筷子就夹了一口尝尝,"味道不错,"乾隆心想,"可朕也不能当她的面多吃啊!""若皇上觉得好吃,奴婢明日再做些。"冯秋水脸上的小酒窝随着她说话的唇齿一转一转的,还真有点惹人疼。乾隆转过身去,背对着冯秋水,压着嗓门道:"明日朕与皇太后一起用膳,不必了!"冯秋水听后默不作声。乾隆转过身,正欲离去,见桌上小菜鲜脆可

口,终忍不住说道:"平日里,你就变着法儿给朕做一些吧,朕会让方平过来取。"说完,乾隆拿起已干的衣袍,离开酒醋房。

卷九　五族人

张居毒解醒来，他稍作休息后，便听陈书兴说有回回人来至书院春风楼，且把来龙去脉都禀明了一下，张居大叫："莫非是哈夫人到访？"

"在京城见三爷的哈夫人？"陈书兴见张居惊喜大叫，自言自问。

"快，快去见来！"话音刚落，张居一甩辫子，大步朝春风楼迈去。

代嬊正走出堂外，遇张居前来，施小礼道："先生，欲见客人？"代嬊原以为张居不会这么快来见哈夫人她们。

"既是代嬊的客人，也当是为师的客人啊！进去吧。"张居让代嬊一起回至春风楼厅堂内，张居聚神一看，果然是他朝思暮想之人，有碍此情此景不能任由自己，拱手笑迎道："夫人，远道而来，幸会！"

鹧鸪先看见张居朝她们疾步而来，忙朝张居挤了挤细眼，向又在看《朱子教规》入了神的哈夫人道："夫人，你看，谁来了呀？嘻嘻！"

哈夫人回首，见张居此会儿好端端地站在她眼前，一惊喜，嗖的一声，琥珀色纱巾忽地从哈夫人脸上飘落而下，远途奔波，系在头上的面纱不小心在回首那刻掉落下来。

"如幽兰矣！"代嬺才看见了哈夫人的庐山真面。

张居在哈夫人掉下纱巾片刻慌乱时却是第一个拾起了它，随着柔和的目光递给哈夫人，哈夫人似乎敏感到了什么，忙接下它，迅速回避张居的目光，系后，推辞："路途劳累，身微感不适，先行告退，明日再谢三爷！"说着唤了鹧鸪等回了客房，只剩下张居和代嬺。

"先生，你们相识？"代嬺不知晓他们认识。

"哦，是呀，为师在京城……"张居觉得在弟子面前不便多谈，就不说下去，只问代嬺上街回书院是否劳累。

代嬺方才见张居对哈夫人似不止故友情，微微有不悦之感，但忽听见张居对她言语关心，又转而平静，羞答答道："先生，早点安睡，代嬺告退！"说完一扭身小跑逃去。回房，给几个师姐妹捎了绿丝绸布，想起忘了给张居墨砚，就和师姐妹说："等我回后，帮你们几个裁。"便从衣箱中取出鹅黄布一块，暗想："自初来书院学淑女学规，在钱塘临别师父时，师父他老人家从怀中取鹅黄布送与自己，说是鹅黄色布小心慎用！先生不是外人，今个儿就用它来包墨砚送他！"代嬺心灵手巧，很快就扎得有棱有角，偷偷掖着走出房外，去了春风楼，才知张居已离去。正巧碰见送回哈夫人至客房的陈书兴，代嬺便随陈书兴去找张居。

张居离春风楼后，来到鹿眠场，初春的风在他耳边仍是嗖嗖地刮着，双手露在袖子外面被冻得僵硬。他对着月空思念起在京城张府和哈夫人双双捧盏之景，又感怀哈将军仕途波折、兄张照之凄凉，接而怀念起乾隆皇帝还是个王爷那时的场景。

"先生！"代嬺后来在鹿眠场找到了张居，见张居惆怅徘徊在场上，她轻轻在背后叫道。

"哦，是代嬺啊！你怎会来此？"张居不知代嬺为何这时找他。

代嬺见寒风比先前大了些，忙把身后用鹅黄布包的贺兰石双手递给张居，婉婉道："喏，送与先生。"

"送与为师？是什么？之前你用西国清水珠救了大家，还没来得及谢你呢！"张居先接过它，好奇地问道，心想代嬺怎么要送给他东西。

"先生写诗绘画，哪日可缺得了墨砚，代嬺难得上街一趟，当自想亲自拿与它添置先生书房啊，就怕先生觉代嬺的墨砚不配先生笔墨！"代嬺着实想了解张居会不会喜欢她送的墨砚。

张居谢过一打开:"贺兰石!而且是真品。"张居早年陪同乾隆对诗作画,文房宝砚见多了,一见就知是回回产的贺兰石墨砚,当然惊喜。自打进了这深山白鹿洞书院,像是做了隐士那般,哪有机会去寻找贺兰石墨砚啊。"为师心领,也且收下,但贺兰石墨砚在江西甚少,且不说你是从哪儿买得,买得也要花很多银子。等为师去取银两给你,万万不能收你贵重之礼!"张居这才想起陈书兴回来向他通报时提过贺兰石,但没有说清楚是哈夫人因下人打破代嫃买给他的墨砚而赔礼给代嫃这块名贵的贺兰石墨砚。

代嫃便详细说了哈夫人赠送她贺兰石墨砚、赠送之由以及她原本是送先生之事,张居也就释然收下。

代嫃冷得抖擞起来,张居脱下斗篷给她披上,代嫃惊喜,无回楼之意。夜色朦胧,月光洒在代嫃娇嫩的红唇上,张居年轻的身体不由忘情起来,唇齿"纠结",站立的身体略微晃动了一下。

代嫃把斗篷缓缓脱下,踮起三寸金莲,温柔地给张居披上,转而低头露出浅浅笑容。"代嫃,有件事差点忘记提起。"终于张居先开口打破了突来的一阵沉寂。"什么?"代嫃那一对天真无邪的美目向张居不由得眨了几下,淘气十足地问道。"你送与为师的贺兰石可知是用什么布料包裹的?你是从何处拿到这宫中才有的鹅黄布啊?"张居问道。"先生,这是家师送我的,我看着好看,便用它来包

卷九 五族人

裹贺兰石了。"代嫄没有想到云淳大师给她的鹅黄布还来历不凡呢。"原来如此！还以为是哈夫人的！"张居听了也就不再多言。

听张居口中念到哈夫人，代嫄此刻心里有种莫名其妙的醋意生起，年幼的她毕竟掩饰不了满脸的不开心。张居似懂又非懂，只好故意望着鹿眠场上空的那一轮明月感叹道："你说，大清的皇帝在这风清气爽的夜晚，能看到如此清新静怡的夜景吗？"扑哧，代嫄忍不住笑出声来，心想张居一定是找不到话题可聊，就拿当今万岁爷儿说事了。张居顺势打开话题，从乾隆练得一身好武艺开始侃侃而谈。代嫄从未见过乾隆，只听张居口中的乾隆帝是何等英明，又何等风度翩翩！待张居讲完，代嫄不由得感叹乾隆帝不仅是一位雄才伟略的英明帝王，而且还是一个有名的孝子。"孝子一般都很善良吧！看来，乾隆帝不是一个坏人。"代嫄心里偷偷一笑，继续问道："先生，当今万岁爷为什么要把百姓分为满、汉、回、蒙和藏这五个族人呢？"张居指着鹿眠场说道："你问得好！那为师先来考考你如何？""考我？考我什么呢？"代嫄问道。于是，接下来有了下面的一场师徒对白。

"你看到了什么？"张居面朝鹿眠场问代嫄。

"鹿眠场啊。"代嫄答道。

"还有什么？"张居继续问道。

"没有了。"代嫄疑惑。

"再仔细瞧瞧!"张居提示。

"我、你、天上的月亮,还有星星,山下的市集,远在千里之外的西湖……"代嫄恍然大悟道。

"鹿眠场啊,是供鹿生养的地方;山下的市集,是百姓交货谷物、布料等场所;千里之外的西湖,则是景色秀丽的好地方……它们不同,但都存于世上,就如这五族人各自不同,又各自存在。当今万岁爷也是尊重五族人的不同习俗和风土人情而颁行法令,这样才不会本末倒置和扰乱他们的生存。也许为师比喻的有点牵强,但万岁爷的爱民之心日月可鉴啊!"张居说起乾隆,内心还是万分敬仰。

"当今万岁爷能让五族人相安无事地生活在大清朝里,他真是一位了不起的帝王啊!"代嫄也是深深地被乾隆折服。

"先生,那明日,让众师姐妹们一起担一下五族人的角儿,就演五族人去皇宫朝拜万岁爷的戏如何?"代嫄知道"白蝴蝶"们平日里有空就喜欢扮演戏本子里才有的花木兰啊、昭君出塞啊什么的,现如今,让她们演一下戏本子里没有的,大家肯定高兴。

张居在书院是个抓大放小的先生,对这演戏的事情就不加阻拦。

第二日鸡鸣,代嫄和"白蝴蝶"们一早就忙乎着编排起"五族人朝拜万岁爷"的戏。午时,张居邀了蔡绛一起看戏。戏台子没有,就在平日张居授课的地方,简单布置了一下,随着铜鼓一声敲响,开戏啦!霎时,"五族人"、"万岁爷"和"公公们"都气势不凡地出现在帷幕前……

"有意思,有意思……哈哈,哈哈……"张居未笑,蔡绛倒笑了个痛快。

卷十　巡狩归来

爱新觉罗的子孙逢年都要去皇家猎地进行狩猎。乾隆对巡狩也是十分喜爱。

这日，方平捧着乾隆巡狩时用的弓箭和六位御林侍卫一起紧跟乾隆身后，满面春风地朝畅春园行来。

畅春园宫奴们跪迎，待乾隆路过，继续挥着长帚扫着残雪。二十几位太监快步穿梭在园中，每人手上端着花期在早春的各种盆景，半日光景，畅春园内迎春花、云南黄馨、贴梗海棠、垂丝海棠、西府海棠、白鹃梅、紫荆、金边瑞香、虞美人、三色堇、金盏菊、白玉兰、郁李、山茶等群芳争艳。

一簇用波兰花盆栽种的三色堇旁，冯秋水黯然地蹲身擦拭着三色堇茎叶上的灰尘，离她百米远的山茶花盆丛中两名小宫女叽叽喳喳地说着："瞧，那张破了的脸，若皇上想把她召回去做常在，如今恐怕她也不敢见皇上

卷十 巡狩归来

哦。""嘻！那个冯常在，哦，不，该叫冯秋水，被罚役畅春园内每日浇花，脸上的疤痕真恶心哦！对了，前段时日，皇上在酒醋房遇到了她，还让她做了几次小菜，你看，还不是要时时锄草，还真是个贱命坯子！"

冯秋水听见那两名小宫女见她如今不是常在的身份，脸上额角左上方还留下两个鹌鹑蛋大小的疤痕，一时伤心掉下泪珠落入三色堇叶瓣上，浑如几颗珍珠。说也奇怪，那日在乾清宫家宴上，清黄杨木透雕灵芝如意被酒醉的乾隆甩手打至她脸上，当时疼痛后不曾想今日会留下这两个鹌鹑蛋大小的疤痕，托畅春园管役的老嬷嬷找宫外的郎中配了服药膏敷了几日，瘀血散后却留下了这恼人的疤痕。冯常在一想到自己容颜已损，难见皇上，越加伤心啼哭起来。若不是容颜已损，那日皇上尝了她亲手做的小菜，说不定会格外开恩恢复她往日常在的身份。

"阿弥陀佛！为何在此啼哭啊？"冯秋水正啼哭时，突见一位和尚手中捻着檀珠，双手合十，问道。

冯秋水听有和尚问言，便用衣袖赶紧擦拭脸上的泪珠，抬头欲回话，不料见这位和尚眼熟，半响才认得和尚恰是乾隆尊崇的云淳大师，惊喜问道："可否是云淳大师？"

"阿弥陀佛，贫僧法号正是云淳！"答话的和尚正是乾隆登基那年被乾隆派去江南的云淳大师，现乾隆三年，云淳大师历经三载余云游江南各大佛寺，今日回紫禁城复

旨路经畅春园碰巧遇见啼哭的冯秋水。

"大师普度众生,我已是容损之人,无颜再见皇上,恳求大师带我去民间,我愿剃去青丝,常伴孤灯!"冯秋水在畅春园服役的这段日子里,早看透了深宫情凉薄,见云淳大师便娓娓而道。

"女施主能否出家为尼,要看佛缘。方见女施主伤心哭泣,与尘未绝,何故?"云淳大师道。

"云淳大师可记得皇上登基那年,在御花园皇上与大师践行那日,皇上命我为大师奉上御茶一杯?那时秋水还只是一名朝鲜国(今:韩国)初来乍到的小宫女,"冯秋水见云淳大师双眉紧锁,似觉想起,又道,"后承蒙龙恩,皇上赏我常在,可惜好景不常在,我被罚役在此。"

"人生空叹愁,一拂袖,了百哀!当年朝鲜国进献的几名小宫女,原来女施主就是其中一位啊!"云淳大师见冯秋水不似宫廷好争宠之人,于是慈悲善心大发,道,"阿弥陀佛,愿皇上和女施主能有缘再续!阿弥陀佛,贫僧告辞!"

"大师,大师……"冯秋水看着云淳大师离去。

云淳大师离冯秋水去养心殿,佛心却不停善动:"深宫似海,弱女伤苦何时休?"至养心殿,见乾隆。

"贫僧云淳,拜见皇上,皇上万福!"云淳大师行了僧礼。

卷十　巡狩归来

乾隆这次巡狩也是提前结束，没想到刚回宫便见到了云淳大师。云淳大师伫立殿中，比三年前更润气圆红，乾隆龙颜欢喜道："云淳大师，三年不见，越显修行神色啊！赐座！"

"谢皇上！皇上登基以来，风调雨顺，五谷丰登，乃百姓之福啊！"云淳大师坐下后和乾隆聊起江山社稷。乾隆也把乾隆元年至三年间的朝中大事与云淳详细道来，也问了云淳大师云游期间所遇趣闻。

"受皇上隆恩，贫僧云游江南奇峰名川，遇得道高僧无数，获益经千篇。寻访到风水宝地几处，可为皇上千秋祈福。更在西湖三潭印月缘拾女童带在身边，小童冰雪聪明，因见尘缘尤在，去年便送与庐山白鹿洞书院苦读淑女教规，实为她成人后在人间有依啊！"云淳大师说着回忆起那日云游西湖时，见一十岁女童哇哇啼哭坐在三潭印月的大石头旁，上前问由，才知女童跟家人来西湖游玩不慎走散，他陪女童在三潭印月等了三天三夜，也不见其家人寻找，而后只好把女童带在身边。"代嫏，你在白鹿洞书院可好？"云淳大师虽是出家人，但对亲自抚养了三载的女童不免有思虑。

"大师真是慈悲善心，女童被大师佛拾，此乃她造化非浅啊！"乾隆赞后又问道，"朕听闻白鹿洞书院景色秀丽，朱子教规名传书院千里，朕倒想去书院走走啊！"

"皇上乃一国之君,怎可随意出宫。"云淳大师谏言道。

"前月,朕派军机大臣讷亲去江南访察,二月后便将呈上有关耕种、农桑等民情风俗美图,若是讷亲能给朕带来白鹿洞书院与大师的西湖三潭印月救童的绘图,岂不让朕一饱眼福啊。哈哈!"乾隆趣谈道。

"白鹿洞书院,贫僧云游过此地。其景确实是隽秀迤逦,可惜贫僧不擅长书画啊!"云淳大师感叹道。

乾隆每日在皇宫批阅奏章,偶感枯燥乏味,听云淳谈起西湖三潭印月捡到聪慧女童,又送去白鹿洞书院学什么淑女教规,深觉民间鲜事趣闻多多,还真有几分想见这女童模样。

"皇上,皇太后见畅春园海棠、梅花、迎春等花已姹紫嫣红,请皇上前去赏花!"方平禀报时,乾隆还在欢言大笑。

"朕一会儿与云淳大师同去,你先回了皇额娘。"乾隆听是皇太后派人传话便应了,对云淳大师道,"大师,你替朕云游江南寻访宝地已数年,今日逢皇额娘在畅春园赏花,大师与朕一同前去,如何?"乾隆对云淳大师颇为敬意,眼下征求他意。

"皇上盛邀,贫僧当去!"云淳大师合十道。

乾隆、云淳大师径直去了畅春园。

赏花完毕,云淳大师由一小太监带路四处再欣赏皇宫

卷十　巡狩归来

难得的景色。走着走着，不知不觉竟到了酒醋房门外，撞见冯秋水，便双手合十道："女施主这容颜上的印迹，贫僧也许能帮你去掉。"说着便从怀里掏出一个小碎花瓷瓶，递给冯秋水。冯秋水接过小碎花瓷瓶，谢过后，心想这云淳大师倒细心，一眼就看出了她额上的伤疤，但不知瓶里是何药，便问云淳大师。云淳大师微笑道："这里面装的是钱塘带来的莼菜，女施主尽管放心使用，里面还和了贫僧专门配制的化瘀草药。你每日晨起洗漱后，取一点敷在脸上，一月后你的疤痕就会慢慢淡去。"冯秋水听后甚是高兴，又再次拜谢了云淳大师。

卷十一　江南寻宝

　　杏花春雨斜洒着钱塘江上的画舫，讷亲面拂着小雨站在船头，欣赏着令人畅怀无限的江景。画师封蓄含从画舫内走至讷亲身旁，对着一江春水叹道："江空白鹭几时飞，潮去水黑岸回合！讷大人，率南支队已达钱塘半月之久，在浙江布政使曾涣功的安排下，在钱塘八十里梧园设行事府，拟于三十日内察访浙江、江苏两省的工坊、耕种、农桑、河涧等民情，再以三十日将所呈民情绘制成图，剩下之日便修缮后回京复旨！"

　　封蓄含除协助讷亲管理三个支队的画师们以外，还每日禀告计划。讷亲听后，默许。

　　船靠岸，讷亲、封蓄含、梁逢源等人回府。布政使曾涣功在八十里梧园等候讷亲，说是有要事禀告。讷亲到后，曾涣功上前道："讷大人，下官得到可靠差人报讯，苏州

卷十一 江南寻宝

缂丝世家沈府,传承沈府宋朝时期老祖沈子蕃,制品以诗画粉本,设色高雅古朴,生动传神,令人叹为观止!现由沈观岚管理沈祖家业。"

"苏州果有如此缂丝传世,本官倒很想见识一下哦。曾大人,此事可否劳驾你哟?"讷亲听曾涣功介绍,有种马上能一见其珍的感慨。

"择日,下官定为讷大人安排好让沈观岚带缂丝佳品叩见大人!下官这下告退,大人请好生休息!"曾涣功见自己的上报弄得讷亲眉开眼笑,想着趁讷亲在钱塘设行事府察访民情几月内他一有机会便投其所好,也望日后仰仗讷亲提拔他升官发财。讷亲笑了,他的肚里更是笑开了花。不仅亲手关好双门,而且直到讷亲看不见他后才站直了腰板。

苏州沈府,沈观岚正与他的二儿子沈才、四女儿沈柔和六儿子沈文一起用午膳。府中管家沈阿牛从院内向饭厅跑来,喘气道:"启禀老爷,浙江布政使曾大人派公差来府中说,请老爷带缂丝佳品即日起程去钱塘拜见从京城来的讷大人。"

"哦,阿牛,你且招待酒菜与那公差,老夫准备行李后,即刻起程。"沈观岚说道。

"是,老爷!"阿牛退下。

"爹,从未听说爹爹与浙江布政使曾大人有来往,他怎么突然派遣公差请爹爹去钱塘,还要带什么佳品?"二

公子沈才不解地问道。

"我想呀,就是那些贪官想借看丝织之名,故意让爹爹送……"四小姐沈柔嘟嘟小嘴嚷道,可话没说完,就被沈观岚打断。

"不可胡言!"沈观岚摸着稍带花白的胡须呵斥他的四女儿沈柔。

"咳,咳,咳……"六公子沈文听着他们的谈话,突然不停地咳嗽了起来。

"文儿,你的风寒怎么还没好啊,爹吩咐阿牛去药铺给你配的药引可曾按时服用啊?还咳嗽得那么厉害啊?"沈观岚望着瘦了几圈的六儿子心疼道。

"爹,药已喝了,只觉时冷时热。偶尔咳嗽,可能是药起了效应才得这个样子,请爹爹放心!"沈文颤颤地说道,觉得有点呼吸不畅。

"柔儿,爹马上就要去钱塘,你在府里可要好生照顾你六弟啊。"沈观岚似乎对沈文半年前得了风寒弄成这个样子有点不放心。

"爹,你放心,只管去办事,柔儿会好好照顾六弟的。"沈文生病的这段时间内,沈柔作为他的四姐也是隔三差五地关怀她最年幼的弟弟,现在听沈观岚这么说,想着每天要关心他。

"爹,苏州去钱塘虽不是很远,但快马加鞭也需要两天,还是由我陪爹爹一同前去吧。"沈才道。

"才儿说得也是,由才儿一同前去,也有个商量。那好,速去准备行李,即刻去钱塘见大人。哦,对了,带上《梅鹊图》。"沈观岚说道《梅鹊图》时声音变得很低沉,若有所思似的。

"爹!!!"沈才、沈柔、沈文听到要带祖传宝贝《梅鹊图》去钱塘,几乎是同一时间异口同声地惊叫起来。

"才儿、柔儿、文儿,莫惊慌,此事等爹从钱塘回来,再慢慢告之于你们。现在时间紧迫,爹和你们二哥要赶路呢。"

"哦!那就听爹的。那祝爹和二哥一路平安,我们在府中盼爹和二哥早日回府!"沈柔和沈文说道。

"好,好!"说罢,沈观岚起身回房,准备马上动身。

一辆四人座宽敞的马车备至沈府大门口,还有一匹曾涣功遣来的公差快骑跟在马车后面,沈观岚、沈才钻进了马车帘子里,一名小男奴跟着坐在帘子外的车夫位置上紧挨着马车夫,沈柔在府院门口向她爹爹、二哥挥了挥手绢,马车便扬长而去。沈文因害病,不被允许站在外头送行,早回了自己房内。

沈文喝完下人送进来的药汤,躺下小睡,恍恍惚惚觉得自己来到了一个宛如明珠般的湖边,坐小舟划至湖中小岛上见有块大石头上刻着"三潭印月"四字,又看见有

一漂亮女童露着雪白的小脚丫在岛上莲池旁的鹅卵石道上嬉戏玩耍,他开心地跟过去,和那女童一起玩那莲池中的水和绿叶。腼腆的他偷偷看着女童粉扑扑的脸蛋,两颗乌溜溜的眼珠像黑珍珠似的镶嵌在清纯的小脸上,年方十三的他,对眼前这个像小仙童般的女童痴呆地忘了神儿。那女童不小心滑倒在莲池旁,他连忙问她:"可曾弄伤?"小心扶起了女童。女童从莲池中摘下一朵绿叶递给沈文作为答谢,沈文问她这是什么,只听女童说这是西湖里的莼菜,可还没等女童细细道来,哎呀一声,听女童说道:"我的裙子弄湿了!"沈文忙脱下自己的外衣给女童披上,对女童说道:"我叫沈文,跟家父从苏州去千岛湖拜访叔父,回家途中遇到西湖便停下游玩。你呢,你叫什么名字啊?""哦,你从苏州来的呀,叫沈文。嘻嘻!我叫代嬿,我也是跟家父、家母过来的,不过我们是专程来西湖游玩的。嘻嘻!"代嬿笑着答道。"代嬿,好好听的名字哦。那以后我就叫你代嬿了。"沈文拍手叫道。"嗯!"代嬿甜甜地一笑。"哦,这里叫三潭印月,好美的地方哦!"沈文听代嬿说这儿是三潭印月,便顺着那块刻着"三潭印月"的大石头环顾了四周,见周围水清景秀,不比苏湖逊色啊,又问代嬿:"那你们是从哪儿来的呢?你为什么不跟你家父、家母一块儿玩啊,一个人在小岛上玩耍呢?……""文儿,你在哪啊?""六公子,快回来呀!老爷要让你回苏州了呀!"

卷十一　江南寻宝

沈文还未问完，沈老爷和管家阿牛就急匆匆追到他身后，一把拽了他的小手往小岛岸上的游船跑去，可怜的沈文时不时回头望着独留在三潭印月莲池旁的代嫃，代嫃向沈文摇了摇小手，转身去玩她脚丫下的小溪石和莼菜绿叶。

"代嫃，代嫃……"沈文呢喃着代嫃的芳名从昏睡中惊醒，双眼睁开见自己是在床上，知道又是半睡半醒中回忆起三年前，跟爹去千岛湖看望叔父时，路过西湖，见西湖美景独特，便停落轿子休息了半个时辰。当时他溜出轿子外跑还坐船至刻有"三潭印月"的小岛上，就这样遇见了一个让他回忆了三年、苦想了三年的代嫃，不，那时她还小，三年后她应是婀娜多姿、亭亭玉立的美少女了。代嫃，你在哪里？今生今世我们还能再见吗？代嫃，等我病好了，我去西湖、去三潭印月找你。我好想再看看你粉扑扑的脸蛋，黑珍珠似的美丽双眸，还有头上扎着的绿色丝带……代嫃，我好想见你哦！沈文像今天这样的情形已不是第一次，特别是风寒后，沈老爷不再像以前严厉要求他苦读诗文，只让他安心养病，这可好了沈文，躺在病床上，身体是遭罪，倒多了很多闲时，与那莺莺的张生像是生了个一模一样的病症。

代嫃这日在庐山白鹿洞书院，正带哈夫人和鹧鸪几人游览了庐山绮丽风光，张居自然是陪同，只是很少言。还是哈夫人先开口道："三爷，这儿没有外人，我就直说了。那日

在贵府别了三爷,几日后我便收到你的书信。见书信诗句,将军与我揣摩诗意,知三爷未能见到四爷。"哈夫人虽觉得眼前几位都不是外人,但还是用四爷代替了乾隆,因为乾隆原被称四阿哥,故在这儿她向张居道称四爷,而后接着说,"将军和我已感激三爷侠骨柔情,只是诗中的后两句我们猜测到三爷是让我们去请某位公公通报四爷啊。"

"非也,非也!那日我未能见到四爷,当时甚是气愤,于是写下了那诙谐诗词,有伤大雅啊。我喻四爷是条龙,我是他故时的虾蟹朋友,他一朝飞龙在天,就把我这个虾蟹朋友忘得一干二净,还让那些阉们儿挡了三爷我的路。唉!翻江倒海的时候,那龙宫里的宰相乌龟还不是四处爬,那些蚌壳们还不是要乱叫,我是一肚子的气一肚子的泼墨啊!夫人千万别笑阿居我哦!"张居解释当时只是生气之作,不曾料到会让哈将军和哈夫人以为他有暗示之意。

"哦,原是如此。"哈夫人知晓后,不免担心起将军。自康熙帝勇战沙场时起历经三朝,不幸被乾隆罚处后,又回到低职的可怜人——西路军营副将,实为副将,却在西路军营将军权杖下苟且偷生,若不是心存报效大清王朝,早不惜老命一条。如今哈将军早已把委情写于密信里,且已被她和鹧鸪悄悄藏入鞋垫里交给李德子公公,实想借李德子公公亲手把密信呈递给乾隆。但听张居刚才所言,心想,虽不是张居本意,将军和她也是误打误撞让李德子公公帮

卷十一　江南寻宝

忙向皇上呈递将军遭遇之事，也不是坏事。她不想破了张居和代嬞的款待之情，便假装也很有兴致地欣赏起庐山风景来，可是她心里不停地惦念还在军营里苦不堪言的将军和盼着李德子手中的一线生机！李公公啊李公公，你把鞋垫中的密信是否藏好？

正说李德子那日从西路军营副将军府中应了哈夫人的求助，别了哈夫人，回了军营柴房间。当夜蜡烛没有，他只计划着天明时分再看信。为了小心收藏好那藏有密信的鞋垫，就在那晚瞎摸着一根大木块，把鞋垫压藏在大木块下。不料次日醒来，自己已被几个兵拖到了柴房门外的泥土地上，累了多日的他那会儿睡得像头死猪，哪能觉察到几个兵把他抬出了柴房门，醒来后才看见柴房间的一半柴禾都被搬走了。听那几个兵嚷着说天太冷，拿出去分给露天外站岗的兵爷们儿烤火取暖用。这下可把李德子给急坏了，跳起来三步并成两步飞跑到柴房内，找那块大木块，大木块可压藏着鞋垫，鞋垫里可暗掖着哈夫人拜托的信件啊。他可还没有看过呢，若真是看过了，还好知道怎么帮哈夫人办事呢！哎呀，真够糊涂，老李啊，唉，哈夫人啊，莫怪咱家啦！李德子倒地直捶脑门。在军营还指望少受点服役的苦，等明儿春花开了、燕子叫了，皇上说不准一高兴，把他李德子给叫回宫里头去。可万万没想到啊，半夜里肚子饿偷吃了兵爷吃剩下的烧鹅一只，酒两壶，被那兵

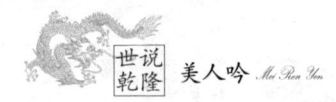

爷发现，死揍了他一顿鞭子后，还不解恨，跑去告了上头，不知用了哪套功夫从军营里头的主儿颁了"李德子处犯军纪"之罪。李德子浑身是伤，哪有力气与那兵爷辩驳，一头栽昏了过去。

卷十二　瀑布命案

日照香炉生紫烟，
遥看瀑布挂前川。
飞流直下三千尺，
疑是银河落九天。

代嫔站在瀑布下，身着一件粉桃色千叶棉袍，口中轻轻吟着诗仙李白的《望庐山瀑布》。两只白鹭飞过瀑布，沾了少许水。代嫔情不自禁回忆起她幼年在西湖与双亲失散的往事，思亲之切让她落下了几滴泪水。瀑布下方有一潭池，清澈得可见潭里的鱼儿游来游去。代嫔撩起棉袍坐在潭边，用她洁白的纤纤玉手抚弄了一下池子里的水，水有点冷，奇怪的是，鱼儿们都游了过来，绕着她的纤指不停地游窜着，一点都不害怕她会伤害它们。代嫔对着鱼儿

们笑了笑，鱼儿们一下子沉入池底，害羞似的躲藏起来，不像先前那样嬉戏。代嫃在张居教授的《淑女训》中，听过张居讲过"沉鱼"的故事，就是在春秋战国时期，越国有一个叫西施的浣纱女子，五官端正，粉面桃花，相貌过人，一日她在河边浣纱时，清澈的河水映照她俊俏的身影，使她显得更加美丽，这时，鱼儿看见她的倒影，忘记了游水，渐渐地沉到河底。从此沉鱼就用来形容女子非常美貌的典故。"莫非真有沉鱼之说？"代嫃羞答答地望着水中她美丽的倒影，想起往日众师姐妹都夸她漂亮，书院里也有登徒子不断地想接近她，但她怎敢妄自菲薄与西施媲美，今日瞧见鱼儿们为她的姿容而沉于河底，她心想这只是凑巧而已。

　　离瀑布和代嫃不远处的树丛间，正有几个着白棉袍、戴冠的书生模样的人，鬼鬼祟祟的在小声嘀咕。其中一个圆脸胖肩的人说："师弟，这次你们可要帮师兄我一次哦，哝，那个小妮子，大爷我已经看中了很长一段时日了，唉，可惜书院看守严格，我一直没逮上机会。今日可别错过了哦。"

　　"师弟我们几个，定当为师兄效犬马之劳。"嘴巴上唇方长着一颗黑痣的人回道，"谁不知师兄你是当今江西刺史的大公子，这小妮子若乖乖从了师兄你，也是她上辈子修来的福啊！"

卷十二　瀑布命案

"这小妮子不可硬来，上月，我在春风楼和她撞了个满怀，看四周无人，我便向她表白喜欢她的心意，说着上前抓了她雪白的手腕，这小妮子下手可真狠，一个耳光打得大爷我痛的生怕掉了门牙。弄不到她的人，大爷我就不姓孙！"说话的人正是江西刺史大公子孙胆。

"师兄，有师弟几个在你放心，包在我们几个身上吧！"黑痣的人叫黄财生，他折了一根小树枝，叼在嘴里，双眼盯着瀑布下的代嬷，好像她是他的一个猎物似的。

"师兄，这样不好吧，被书院先生知道了，可不好？"这时一个年纪尚小的人劝道，"师兄，你们执意要这样，姚珮裳回避就是。"

"你敢？"说着孙胆朝黄财生一使眼色，黄财生从口袋里掏出一团白麻飞快地塞进姚珮裳嘴巴里，一把抓住他的两只手，另一个则用早已备好的绳子把姚珮裳绑到树丛里的一棵杉树上，姚珮裳使劲挣扎想说话，可惜白麻太紧，根本就吐不掉，只好怒眼看着他们几个。

还是孙胆用胖乎乎的"熊掌"拍拍姚珮裳的脑门，说道："姚师弟，我们毕竟同门师兄弟一场，师兄我不会滥杀无辜的，等师兄办了美事，就让黄财生把你放了，但不许告诉先生们，否则要你狗命！"说完，他们几个离了树丛一步一步朝瀑布下走去。

"你们要干什么？"正坐在瀑布下潭池边的代嬷看见

孙胆几个大模大样走过来,孙胆还时不时朝她色眼死盯,代嫔想起上月在春风楼想调戏她的人正是这个色鬼。她有点害怕地大声挣扎道。

"哈哈,小妮子与大爷我有缘啊,在这空谷寂林中却又相遇,此乃上天有意要成全我们啊。你若早从了大爷我,让你享尽荣华富贵!"孙胆色胆包天地朝代嫔扑去。代嫔躲闪地绕着潭边逃去。孙胆和黄财生几个分散着围绕着池潭边,眼看代嫔就快被捉住。

"黄师弟,且慢来,让大爷我亲自逮住这个小妮子。哈哈!"孙胆眼看黄财生已把代嫔逼到池的角落边,后无退路,前面只有个黄财生像道篱笆似的挡着她的逃路,孙胆此时心中生起一股嫉妒之火,怕让黄财生来一个"近水楼台先得月",先沾了代嫔的身体,说着从另一角气喘吁吁地跑到黄财生的身后,孙胆长得又矮又胖,而且皮肤黑黝,活像一只野猪。黄财生听了他的指令,就让开路退到孙胆后面做第二层篱笆,孙胆见代嫔已是囊中之物,便狂笑地色眯眯地走到她跟前,举起双手乐呵呵地扑了过去,代嫔又是一躲,他差点掉在地上。可怜的代嫔直喊救命,可是瀑布离书院有一里路之远,这会四处又无人,代嫔娇泪落下,怒斥他们几个大胆狂徒。

"孙师兄,小心啊!孙大公子!"只听得黄财生一声尖叫,惊恐得连双眼都快要爆出,紧接着啊的一声惨叫,

卷十二 瀑布命案

那孙胆因扑代嫔扑了个空不小心掉入池潭里。"救命啊,救命啊!"几声呼叫后在水里头挣扎了几下,就沉了下去。黄财生几个知道生了事,顾不得代嫔,见潭底不是很深,便想去救孙胆。不料此时瀑布急流而下,把潭池的水似龙旋般地直转圈,早不知人世的孙胆被水流冲得不知去向。略懂水性的黄财生赶忙把刚伸进池水里的左脚退缩到了岸上:"好险啊,幸好刚才只是试了试水,若跳下去,也就没有命了。孙师兄啊,不是师弟不想救你啊,只是你命不好啊!"黄财生故意装作很伤心的样子,又朝站在他身旁的另两个小师弟密语着:"此事不可传出,难保刺史大人知道后,若因伤子之痛把我等一同问罪,那我们岂不是成了冤死鬼!""是是,是!师兄放心!"那两个小师弟也知事情弄大了,只管叫黄财生做主。

代嫔因孙胆掉入池底差点吓晕过去,回神过来,步履踉跄地正欲逃离他们的魔爪。黄财生怎会那么傻瓜,让代嫔回去泄露孙胆死因。他们不费吹灰之力把柔弱的她用麻绳捆绑了起来,也在她嘴中塞了白麻。代嫔拼命摇头挣扎,可还是被他们抬着离开了瀑布。

那日夜深就寝时候,夏蓬几位同室的师姐妹见代嫔还未归来,就觉得奇怪。平日代嫔还是很守院规,怎么今晚已是就寝时分,独见她的床铺空空无影。夏蓬再等了一会儿,还未见代嫔回来,便告诉了守房的老妪,那老妪便跑

去楼下管门的院仆说是不见代嫄回房,不知是被先生们叫去了,还是有别的原因,赶紧去查查。那院仆便提着灯笼在书院内附近几个点找了一下,没见踪迹,便去张居那里问。此时张居早已睡下,陈书兴起来听了院仆说代嫄不知去处,便跟着找寻了起来。到天明还未找到。夏蓬几个、陈书兴、那楼的老妪和院仆都焦急万分,都纷纷猜测莫不是出了什么意外。便一起早早地在张居厢房门外等着,张居起床推开门后,他惊讶地见他们几个便问是为了何事。

"三爷,代嫄昨晚不知因何连夜未归,昨晚我们几个找了大半个书院,也未曾找到。只怕事有蹊跷,故而向三爷禀明。"陈书兴站在夏蓬几个弟子中间说道,旁边的老妪、院仆还提着灭了火的灯笼,一晚都没有回去休息。

"怎么会出这等事情。书兴,你赶快和院主禀告说代嫄失踪,让他多派人手在书院内各个角落好好找寻,一定要把她找到。还有,在书院外面代嫄常去的地方也去找找!"张居一听他的爱徒代嫄走失,一颗心像是悬在半空中,甚是担心,吩咐陈书兴后,又赶忙带了剩下的几个人去鹿眠场、流杯池、春风楼等地寻找。

"黄师兄,整个书院现在乱糟糟的,恐为这小妮子的失踪而四处寻人。"黄财生那两个"爪牙"探了书院情况匆匆回到离瀑布三里处的石洞里,黄财生把代嫄捆绑着放在洞里的一个黑暗角落里,饿得肚皮直打咕噜的他原本想

卷十二 瀑布命案

让那"爪牙"先回书院打听虚实让他可安心回书院,乍一听书院的人像热锅的蚂蚁,顿觉不能草率回书院。只好在洞里商议计策。

"唉,有人被绑在了树丛里。是谁?"一群身穿白棉袍、头戴书冠的白鹿洞弟子在书院外寻找代嫄,这会到了离瀑布不远处的树丛里,发现被绑的姚珮裳,赶紧松绑放了下来。

"快去救人!"姚珮裳被拔去白麻后,来不及喘会儿气,便指着瀑布方向大声喊去。

这会儿张居等人也赶来树丛,赶忙派人去瀑布处,让姚珮裳喘了口气,便问被绑之因。姚珮裳便求饶道:"先生,此事与我无干,我不曾有害那姑娘之心,是孙师兄、黄师兄约我们来树丛抓小鸟玩耍,且知到了树丛,他们看见瀑布旁一女子,生色胆之心,我非但劝不住他们,还被绑于树上。"姚珮裳词不成章地一说完,便瘫倒在地上。张居让一弟子扶他回了书院去见院主,说等他回过神来,再让他把详细经过禀明与院主。

张居还未走至瀑布,先到瀑布查看的那些白鹿洞弟子回禀张居说瀑布无人,也没留下什么可疑踪迹,他们便又去别的地方寻找。

"代嫄,代嫄……"白鹿洞弟子们在瀑布附近边寻边喊叫代嫄的名字,半个时辰,他们有一小群分队寻到了黄财生他们躲藏的石洞里,"代嫄,代嫄,你听到了吗?我

们在找你。还有，孙胆、黄财生，你们快点出来，再不出来，若被我们找到，把你们送去官府！""代嫄，代嫄……"

　　黄财生他们在石洞里一开始隐隐约约听见白鹿洞弟子们在呼喊代嫄的名字，后来感觉声音越来越逼近石洞，黄财生感到很害怕，后来又听见他们喊叫着已被瀑布冲走的孙胆和自己的名字，只知洞里的这个小妮子叫代嫄不会错，也明白书院已发现代嫄的失踪和自己脱不了干系。"怎么办呢？怎么办呢？现在想回书院怕院主罚则！一不做二不休，干脆书也不要读了，带着这小妮子和两个师弟逃命去吧，等自己安身了，再把这小妮子给卖了。"想着便和他的那两个师弟耳语起来，那两个师弟也恐回了书院怕被牵连孙胆之死，也无奈只好听从黄财生。

　　有两次，白鹿洞弟子呼喊着代嫄的名字经过这石洞，只是石洞口只有半个人的高度，洞口又有杂草丛生，都未发现黄财生和代嫄他们正在此石洞里面。这石洞也只有黄财生几个知道，是他们平日里嫌书院伙食清淡，打了野鸡野鸭偷偷找了这个不为人知的石洞里烤着吃。黄财生想起以前孙胆和他在这个石洞里烤着吃鸡和鸭的情形，不觉有点毛骨悚然。不等天黑，只听得白鹿洞弟子的呼喊声远去，他们便抬了代嫄抄小道下山而去。

　　张居他们找了一天未曾寻到代嫄半点踪迹，先回了书院，又听院主说孙胆、黄财生几个不知去向，据姚珮裳所言，孙胆、黄财生几个人嫌疑最大。

"郑院主,此事严重,我想我们还是尽快禀报官府,让官府协助查找代嫔他们下落!"张居焦急地说道。

"张先生,本院无故丢失弟子,老夫责任重大,也想早日找到失踪之人。可张先生有所不知啊,那孙胆是现今江西刺史之长子,若惊动了刺史大人,本院在劫难免啊!"郑院主安慰张居道,"再给老夫三日,若三日后,再找不到代嫔他们,老夫愿亲自报官府!"

张居虽很担心代嫔安危,但此事确实与书院声誉有关,便暂先忍了下来。

三日,对张居来说,真是如坐针毡,每日苦苦盼着代嫔活蹦乱跳地出现在他面前。哈夫人知道后,私下也派鹧鸪、沙狼去书院内外寻找,只是三日后,一无所获。

张居茶饭不思,哈夫人向张居告辞下山,向张居说道:"三爷,我们打扰书院已多日,这几日原本就想向三爷辞行,不料代嫔失踪,故迟迟不言。昨日听鹧鸪和沙狼猜测代嫔可能早被虏下庐山,我们此次下山沿途正好寻访代嫔。若有消息,我便派人回信与三爷,好让三爷放心!"

"哈夫人能沿途寻访代嫔下落,阿居太感谢哈夫人了。哈夫人,初次来江南,万事可要小心啊。这样,夫人,你们先行,院主曾说三日后若找寻不回代嫔几人的踪迹,便去官府报案,眼下三日已过,且等阿居与院主报了官府,

便与夫人会合。不知夫人前往何处?"张居说道。

"三爷,实不相瞒,我此次来江南,实是因为将军仕途中险,将军恐到时诛连内眷,便坚持要我离开他,我拗不过将军的固执,便只身和侍女鹂鸪几人来到江南,曾闻当今万岁爷尊崇的云淳大师在钱塘修行,我便想到钱塘去拜会云淳大师,不料在江西遇见你们。三爷,若有相逢之日我们便在钱塘江畔相会,可好?"哈夫人道。

"钱塘乃毗邻我故乡,好!只是钱塘江畔甚大,得找一地点。阿居曾随兄游过钱塘江畔的六和塔,夫人,那我们定于下月十五在六和塔相会,如何?"张居屈指一算下月十五离现在还有三十六日。

"那就按三爷所定之日相会,下月十五是五月十五日,到时不见不散!"哈夫人说完,便告辞下山而去。

张居因担心代嫄,这会儿倒忽略了哈夫人远去,只匆忙约好相会时间,等哈夫人走后便去院主那儿。

卷十三　劫难重生

"到了，快到了！"沈才透过马车窗子瞧见钱塘衙门，"爹，再隔两条街，就是八十里梧园。"

"哦，才儿，小心拿好！"沈观岚指着藏有《梅鹊图》的包袱说道。

"是，爹。"沈才应道。

这会儿，黄财生和他那两个爪牙师弟也正从江西庐山偷乘了辆马车，撵着代嫔好不容易也来到了钱塘。刚好与沈观岚的马车在八十里梧园附近的街角处面对面碰上了，街角只能让一辆马车行过，黄财生把代嫔藏在马车厢里，不方便让她下车，他急忙跳下马车对着沈观岚的车夫和小男奴喝道："爷我今天有急事，请图个方便，让爷先过去。"

"凭什么让你们先过去啊？"小男奴不想让自家老爷丢面子，高声喊道。

"呵！你这小兔崽子！"黄财生拂起袖子，摆出一副想打架的样子。

沈观岚听外面吵吵闹闹，让沈才下了马车看看究竟是怎么回事。原来是两辆马车撞了个正着，沈才是个读书人，便让车夫掉头相让，哪知马车的一个轮子卡在了街角处，进退不得。

黄财生也瞧着轮子被卡了，自己的马车正处在街角的小巷子里，只能退却不能掉头，他怕在街上久待，容易被人知晓自己的坏事，于是把在车厢里挟持代嫇的那两个爪牙师弟叫下了马车，连同小男奴、车夫一起搬那沈家的马车轮子，沈观岚也下了马车。

代嫇这时独自在车厢内，因厢内没有可捆绑的东西，她只是双手被反绑，嘴里仍塞着那团白麻，途中只喝了一碗清水，吃了两只小馒头。昏昏沉沉地她被一声闹声吵醒，见黄财生几个都在对面的马车下忙乎着，也顾不上自己饿昏了的软绵绵的身子，扑通一声她连捆带绑地跳下马车，在地上打了滚儿，幸好只擦伤了膝盖和手掌皮，机灵地往小巷子里头跑去……

黄财生几个没吃好没睡好胆战心惊地过了这两日，这下又在做苦力，代嫇人小身轻只扑通一声，哪能引起他们的注意。沈观岚老眼倒精明，代嫇逃下马车的情形看得一清二楚。这沈老爷到底是见识多广，一见这情形，心里估摸着这几个无赖狂徒十有八九是欺负这年轻姑娘，正义侠助之心油然而生。便故意找借口拖延黄财生几个，说让小男奴去巷子里买一包肉包子以谢黄财生几个劳力。黄财生空身逃出来，身上纹银不多，觉得有肉包子吃也好，就在原处歇息等着包子买来。沈观岚趁给小男奴纹银时压低嗓门快语道："你去买包子时，把那姑娘带到那青瓷店铺里头，给掌柜一锭银子。"说着，他掩着袖子偷偷指向离他们五百米处正蹲在青瓷店门口石狮子侧面的代嫇，于是小男奴拿起银子故意高喊"买包子去了"，喊着便迅速地边朝巷子里头跑去。代嫇哪里是不想跑，而是饿得两眼直觉星星点点的闪烁，实在是跑不动了，只好靠在石狮子旁。

"姑娘，快跟我来！"小男奴一把搀起代嫇，拔掉白麻，按沈老爷的吩咐赶忙进了青瓷店，向掌柜取出那锭白银，说事由紧急，且先把姑娘送进内房藏起来，回头再向掌柜解释。掌柜见到白花花的银子，见只是藏个年轻漂亮的小姑娘，早笑得点头哈腰，忙称："大爷放心，放心，小的这下就去办！"说着给代嫇解下绑绳，带她进了内室。代嫇只感觉有人搀扶着她进了一个房间，躺下后便不知发生何事了。

小男奴把热气腾腾的包子送到黄财生几个手中，黄财生他们也已把卡住的车轮抬出，沈观岚的马车退出街角，等黄财生的马车过道。黄财生边吃包子边上了马车，发现

代嫔不见了,但又不敢大喊大叫,只能对着巷子街头、店铺唉声叹气只认倒霉,想找却不知从哪儿找去。沈观岚怕他们回头去巷子里找人,便上前说道:"这几位小弟,可是在找人?"

"哦,是呀,是我家小妹,因不想嫁给钱塘夫婿,我只好受老爷子之命把她给捆绑起来。没想到,只这一会儿工夫人影都没有了。"黄财生非常机敏,若刚才那等模样的代嫔逃下马车被人看到,不难怀疑他作犯,随口撒了谎。

沈观岚听了将信将疑,为谨慎起见,他想等见了代嫔问明原由,若黄财生真是她哥哥,到时他想再把代嫔交还给他也不迟,所以应付道:"老夫年迈眼花,刚才好像看见有一小姑娘跳下马车从老夫马车的右边跑去,喏,往那大街上跑去了。"沈观岚还故意向代嫔逃跑的巷子的反方向指去。

黄财生暗下歹心:"你这个小妮子,等大爷把你逮住了,给你卖到青楼去,好给大爷弄点酒吃!"黄财生几个拉起缰绳往大街跑去,弄得大街上的行人害怕地直躲着让他们驶过。黄财生下车走到大街上挨着铺子找寻起代嫔。

沈观岚见黄财生几个已去大街,便吩咐沈才他们赶快坐上马车,往小巷子里驶去,很快到了青瓷店,让小男奴带着沈才把藏在店里的代嫔带上马车。马车便加快速度朝八十里梧园跑去。沈观岚担心黄财生发觉自己骗了他,说

卷十三 劫难重生

不定会调头紧追他们，他想若到了八十里梧园，毕竟有官府行事在那边，会安全。

黄财生几个在大街上搜寻了一会儿，不见代嬛踪影，也怀疑起沈观岚可能骗了他，便想着去小巷子里搜寻。小巷子里巷窄人多，他们挤挤挨挨地找了一会儿，沈观岚的马车也早消失在巷子里头。黄财生只好打消了找代嬛的念头，一伙人只顾逃命去了。

马车里头，代嬛缓缓醒来，沈观岚和沈才见代嬛醒来，忙道："姑娘，醒了！"

代嬛只知道刚才一阵迷糊，怎么又在马车上了，便惊恐道："你们、你们想把我怎么样？"代嬛以为自己又在黄财生的马车上，只是车厢里的人换了，换成了眼前端坐着一位长者和另一个年轻人。

"姑娘，莫怕！这是我家父，我叫沈才。"沈才忙向代嬛说道，"刚才你逃下马车，躲在青瓷店石狮旁，是我家父派我家小男奴给你救到青瓷店里，我家父怕绑你的人回头找到你，不放心姑娘安全，这才把姑娘带上。到了八十里梧园，姑娘便安全了。"

代嬛听了才知道刚才自己晕眩在石狮旁，幸亏沈老爷相救才脱了险，她忙答谢沈观岚和沈才。沈观岚忙说不必言谢，让她只管好生养身。沈观岚和沈才稍后询问了代嬛为何落得如此田步，代嬛便一五一十地告诉了两位恩人。

沈观岚暗想自己方才幸好没有听信黄财生之言，否则代嫘又落入狼窝。

到了八十里梧园，沈观岚一行拜见了讷亲。

卷十四　　献　宝

八十里梧园钱云楼，讷亲高坐，曾涣功左侧陪坐，封蓄含右侧坐，沈观岚离他们四五步路之远坐一雕花圆凳上，沈才和代嬛在沈观岚身后站立着。

"久闻苏州沈家缂丝名传千里，这位讷大人是奉当今万岁爷旨意前来江南访察民间桑种、河涧状况，沈老爷你且把你们沈家的传世佳品呈上给讷大人欣赏！"曾涣功向沈观岚说明事由，在说到讷亲受乾隆钦差时故意口气炫耀，拱手以示对当今万岁爷的尊崇外还低眉哈笑地朝讷亲献殷勤。

"是，大人。这次老夫前来八十里梧园受大人召见，已准备了我们沈家从祖爷沈子蕃在宋朝开始一代代传下来的《梅鹊图》，如今传至老夫手中，却不敢独自霸占，既是传世之作，理当归朝廷所有，何况钦差大人想一睹它的

风韵,老夫理当备呈与大人!"说完,沈观岚从沈才包袱中取出一个檀盒,双手呈递与曾涣功,曾涣功乐哉哉地转呈给讷亲,讷亲仔细一看,倒对这檀盒的图案雕工之美先是惊了一下,"九龙朝珠!"讷亲暗想不愧是传世佳品,连盒子都那么精美华丽。他打开盒子,取出《梅鹊图》,全场都为之震惊。只见:

纵三尺多,横一尺左右,有二鹊正栖于梅树老干之上,啾啾叫。梅干造型奇特,与上方之倒垂梅枝呼应,虽是缂丝之作,却如同真的用笔洗练,以水墨晕染枝干一样,看似淡墨写花,浓墨点萼,古趣盎然。而二鹊用笔细致却又遒劲有力,墨彩渲出鸟羽的不同质感。整个缂丝画面雅致清丽,韵味悠长。

封蓄含也为之赞叹,心中不免被唤起了"文人相轻"的杂念,想自己堂堂宫廷画师,为万岁爷和后宫画了不少丹青,不免想有朝一日要画出比《梅鹊图》更上乘之佳作。想着突觉沈观岚身后的代嫔清纯脱俗,一双露珠似的美目机灵地闪烁着,稚气虽未脱,但一瞧便知是个美人坯子。封蓄含是宫廷画师中出了名的风流人儿,还常言风流才情下才可作出不朽之作,这会儿他自然是想着月上柳梢头之时,去约这位美人儿一同沏茶谈情。

月亮还没有探出身影,封蓄含就在沈观岚、沈才、代嫔留宿的秀水阁旁边守株待兔似的等着,他想等代嫔走出阁楼时，好攀谈几句。等了一会儿，他耐不住性子，进了沈观岚房内，借故仰慕沈家的缂丝作技，特意想薄水一杯请沈老爷、沈公子和代嫔去园中云溪亭赏夜喝酒。没想到沈观岚回绝了他。

次日，封蓄含向讷亲说道："讷大人，园内百花姹紫嫣红，美不胜收。但蓄含这几日作画终日见着鲜花，花再美，这双眼也不免有些乏了。蓄含想，若有美婵娟站在花丛，穿戴华美，弄搔作姿，说不定蓄含能作出不令大人失望的画作啊！"封蓄含指望讷亲能准了他把代嫔叫过去，陪他作画。因深知讷亲为人清爽，不喜沾女色，便绕了个圈子和讷亲这么说。

"你呀，哈哈！"讷亲笑着对封蓄含打趣道，"原来我们的大画师每每上呈给万岁爷的画作，都是要有美婵娟伺候在旁的呀。哈哈。那你赶紧去找啊，别误了画作。"

"是！"封蓄含知道讷亲在臭他，但他也不介意，反正自己得了愿就好。退下后，立即去了秀水阁，这次他理直气壮向沈观岚说明了他画作时需要女眷在旁替他作样，这已是讷大人的意思，因园中年轻女眷甚少，若有也是须忙园内杂事，昨日在钱云楼初会代嫔，觉清秀可人，想借用一下以作画时的人样儿。沈观岚很想推脱，但以为讷大人之意，也只好答应了封蓄含。封蓄含也是个多趣的人儿，与代嫔走出秀水阁前，还给沈观岚讲了这样一个故事：

　　话说宋朝年间，钱塘西湖边发生了一段千古恋情。那时宋朝的都城不是开封，已迁移到钱塘，钱塘那会儿繁华富有，文人和艺人辈出，连卖花的小姑娘都能随手画几笔。有一天，西湖水色秀丽，两名慕名而来的又分别着装白衣和青衣的美丽姑娘在湖边候船，见一个背着草药竹筐的少年郎上了刚来的船只，白衣姑娘和青衣姑娘也跟着上了那船。偌大的一只船偏偏只有他们三人，再加一个船老大。这白衣姑娘和青衣姑娘也不是平凡女子，正是修行千年的白蛇和青蛇，白蛇通过法术知晓船上的少年郎正是她苦寻的前世救命恩人，她为报救命恩人，让青蛇从中寻找机会与那少年郎相识。白蛇用法术让西湖上空顷刻间乌云密布、狂风暴雨，心善的少年郎名唤许仙，许仙见二位姑娘不曾带雨伞，便毫不吝啬地把手中仅有的一把雨伞借给了白蛇。后来故事就有了一借一还，白蛇和许仙在"一借一还"雨伞时也就互相爱慕，结为伉俪。

　　沈观岚看着封蓄含和代嫃离开秀水阁后，不免思索着故事里的"一借一还"还挺有意思的。

卷十五 浴 水

　　风和日丽的一天，封蓄含请曾涣功为他寻了一艘江船，说是要去野外采画，代嫄也是一同前往。钱塘江上风平浪静，船慢慢向江的上游划荡着，代嫄双目环顾着江两岸的景色，先前的愁绪暂时也就抛开了，心想她曾受恩于云淳大师的照顾才少了与父母失散的孤苦，云淳大师一边在钱塘修行一边像寻常百姓家那样抚养她，倒是云淳大师对代嫄要求甚严，不但聘请名师教她学诗书天籁，还送去白鹿洞张居那儿学淑女训。代嫄也没让云淳大师失望，不仅聪明伶俐，而且还十分刻苦努力，年仅十四岁的她早已琴棋书画样样精通，再加上这几年苦学张居的《淑女训》，更是出类拔萃。
　　六和宝塔，代嫄看见耸立在右前方高高的塔，轻叹道："呀，六和宝塔，久违了！"代嫄从船篷里探出俏身，扶着船栏走至船头，"好开阔哦！"代嫄为前几日在庐山被

那几个流氓挟持的抑郁此刻被开阔的钱塘江景给消散了。代嫄忘情地倚在船栏上,熏着金灿灿的暖阳心情好了不少。

封蓄含当着船里面的几位公差只好正襟危坐,但他的双眼时不时望着船篷外的代嫄。

江船划行了不到半个时辰,船顺水流向右弯转,停靠至一座小山脚下的拴船绳的大石头旁。代嫄和封蓄含、公差三人上岸后沿山脚边看景色边聊着,封蓄含打趣道:"得寻一风景极品,才可配美人啊!"他说着还故意朝代嫄使了眼色,代嫄装作视而不见,只顾低头往前走着。

"找个地方先歇息下,有点累了。"封蓄含走了一会儿感觉腿有点酸,关心代嫄道,"唉,可否累坏了这三寸金莲?"代嫄不好再作哑,说还可再走几步。他们便又走了一小段路,在对面山脚下的一口清泉旁,封蓄含见泉水从山石缝隙中缓缓流淌出,其清澈无比,泉旁粗石上还用红漆题了"智酿泉"三个大字,便亲自用葫芦装了这水给代嫄喝,代嫄微渴,接了葫芦掩着袖子喝了起来。公差几个用手捧着喝。封蓄含等代嫄喝完,直接拿那葫芦里剩下的水喝,代嫄暗笑这个封画师倒是个不拘小节的人。

喝了智酿泉里甘甜的山水后,他们几个有了精神,环顾四周,只见两座山间淌有一明亮的大湖,像明珠似的碧绿圆润。湖边浅滩处草花盛开,山间鸟儿啼脆,美不胜收。代嫄、封蓄含、那三个公差,顿时忘乎所以各自占了浅滩

卷十五 浴 水

一席，躺的躺，卧的卧，坐的坐，开心极啦。

风生水起，湖面波澜起伏，水波蔓延到浅滩上，把代嬛沾了个半身的湿漉漉。又一阵水波"圈"过来，代嬛如浴。"别动，代嬛！"封蓄含见被水包围的代嬛，在这天地灵秀的空谷间，美人天然在"浴"，大画师的灵感不断飘来。他注视着代嬛越久越觉她像是在水中盛开的一朵莲花，美若天仙！他墨汁飞舞，眉神扬起，聚神地描绘着代嬛此刻的一颦一笑。

代嬛知道此次跟封蓄含从八十里梧园来此，是因封蓄含需要创作出令讷大人不失望的佳画，一路行来，封蓄含也没得罪她什么，便在浅湖处一会做蹙首低眉状，一会儿又假装仰空叹气哀愁状，变着法儿给封蓄含做人样儿。代嬛见湖里生长着青青小圆叶，长得有点像荷叶，伸手抚去，滑溜溜的，不觉好奇，摘了一个小嫩芽，放入手心，一瞧，外面还裹着银白胶衣，"咦，这是莼菜？"代嬛学医时看过不少草植物，这类水生植物倒少见，代嬛思索起来。"《本草纲目》，哦，原来真的是莼菜，呵，原来它就是这样生长的啊！"代嬛想起曾在《本草纲目》中看见过它，这下她可确信这就是她以前在白鹿洞书院给张居和"白蝴蝶"们解毒的莼菜。而此刻，代嬛的一举一动、一思一行，都在封蓄含的全神贯注之下。

代嬛从湖里慢慢走至湖边泥道旁，水珠像断了线的珍

珠从她白皙的身体上滴落下来,封蓄含忙脱下自己的长袍给代媜披上,代媜退怯不好意思披他的衣服,封蓄含只好差一公差去前方村子里找寻一套干净旧衣。当地村民告知那公差,智酿泉旁的湖正是与钱塘西湖泥同的明圣湖,湖里的莼草和西湖里的莼叶都是他们喜欢吃的汤料。公差回来把干净旧衣递给代媜,代媜眼见四周无遮拦物什,面露愁意。封蓄含看在眼里,便说道:"刚来这附近时,我瞧见有座小山峰奇秀灵,巧如楼阁、人物、仙禽、怪兽者,莫可绘状,好似小山上还有亭子一个,我们不如返程,一来不耽误回八十里梧园的时辰,二来再路经那小山上,代媜便可寻一隐蔽处换上衣裳。"代媜和公差们听了觉得甚是妥当,便忙起身返去小山。

至小山前,公差们便去了亭子里,乐呵呵地喝那从智酿泉带来的甘甜泉水。封蓄含则在小山上四处逛逛,每见奇石岩壁上摩刻的诗词,他便用笔仔细抄录在手卷上。而代媜则是在小山西侧,寻了一处洞穴,见洞广丈余,高约五丈多,空明有石鼓,旁有小窟,奇石祫砑。她确信四周无人后,便赶忙换好了衣裳。走至洞口,她见洞口石壁上刻有"清虚洞天"四个篆书字,再观洞之四围皆石,玲珑秀巧,且洞如石阙,一石空架其上。"啊,天啊!"代媜一声尖叫,差一点晕了过去。封蓄含和公差们不知发生何事,忙朝代媜这边急跑过来。只见一条光滑如大鱼的蛇慢慢地绕着代嬺游了一圈,封蓄含见状忙喊道:"莫怕!你只管静立原处,它便不会伤你!"代嬺只好哆嗦地闭起双眼,咬着牙一动也不动地站在原地。公差怕伤了代嬺,欲上前追打那蛇,全被封蓄含拦了下来。说来也怪,那似大鱼的蛇儿绕着代嬺游了一个圈后,也不近代嬺半寸鞋裙,只静静地往草丛间游去。"没事了!快过来!"封蓄含捏了一把冷汗,忙上前搀扶被吓得脸色苍白的代嬺。"封画师,刚才那是何物啊?像蛇又似鱼!"代嬺不解地问封蓄含。封蓄含望望公差们,想从公差们那里寻找答案,但这几个公差都说从未见过,也不曾知晓是何物。

惊疑之余,他们仍继续观赏山景,后在崖刻题词上,发现小山其名原是"坛山"。

凉凉风儿从山石间袭来,代嬺打了一个喷嚏,封蓄含见时候不早,便提议回八十里梧园。

解下拴船绳,他们便划舟而去。

Mei Ren Yen

卷十六　莼菜之药用

　　代嬶回到房内，差人送了《本草纲目》，她翻阅到莼菜出处，见明代李时珍这样记载："亦云：字作蒓，从纯。纯乃丝名，其茎似之故也。莼生南方湖泽中，惟吴越人喜食之。叶如荇菜而差圆，形如马蹄。其茎紫色，大如箸，柔滑可美。夏月开黄花，结实青紫色，大如棠梨，中有细子。春夏嫩茎末叶者名稚莼，稚者小也。叶稍舒长者名丝莼，其茎如丝也。至秋老则名葵莼，或作猪莼，言可饲猪也。又讹为瑰莼、龟莼焉。"

　　她看着不觉入神，于是又翻阅了唐代陈藏器的《食疗本草》，见其载："水葵鲫鱼羹，可以下气止咳，多食解丹毒，补大小肠虚气。治热疸，厚肠胃，安下焦逐水，解百药毒。"而《日华子》亦载："治疸厚肠胃，安下焦逐水。"

　　"代嬶姑娘，是我，沈才。"代嬶正看着专心，见门

外有人敲门,听是沈才的声音,便开了门,迎了他在外房厅内坐下。

"沈公子,有何事?"代嬛行了个女礼,问道。

"家父让我问代嬛姑娘是需留在八十里梧园,还是另有打算?"沈才说道,"因这些日子家父向讷大人禀明了有关缂丝之情,也送了家传的《梅鹊图》,算是已完事。只是突然有家丁从苏州快马而来,说是六弟病情加重,故家父和我正商议着即日赶回府去。临行前,所以问问姑娘,有何打算?"

"原来如此。沈公子可否告知令弟得了什么病情?"代嬛不急着打算,先关心起对方病情,毕竟沈家有恩于她。

"六弟得了风寒之后,虽按医服药,终不见好转。日前又是不思饮食。几月来请了不少名医,也不见其效,还真叫人担心!"沈才如实道来。

"代嬛虽不能与名医前辈们相比,可在几年前跟随师父学过医,研读过医书。照你刚才之形容,我想令弟可能是患了肠胃病症。只要对症下药,合理饮食,病情会有所好转。"代嬛思索着说道。

沈才听了眼前一亮,急忙向代嬛请求道:"那不如请代嬛姑娘一同回府,也好为六弟看看病情?"

代嬛当是义不容辞,正想借此以报恩情。

沈观岚得知后,便向讷大人告辞,说是代嬛要为小儿治病，也一同前往。讷亲听是此，允了沈观岚。一旁的封蓄含倒莫名添了几分惆怅。

沈观岚、代嫃一行起程回苏州沈府后，封蓄含便把代嫃在湖中嬉莼的袅袅仙图递送给讷亲观看，讷亲顿觉眼前一阵清新脱俗、恬静美丽的感觉，甚为感叹。又细细回想起代嫃那俏丽模样，对着封蓄含不禁夸赞道：“此等美人儿，少见，少见啊！”封蓄含更是开心。

“封画师，这画中美人儿手上拿的绿叶是何物啊？”讷亲问道。“是西湖莼菜！这么说吧，这个莼菜啊，是生长在明圣湖里的，据当地村民所说，明圣湖与西湖同泥，蓄含想，这明圣湖莼菜就是西湖莼菜啊！”封蓄含回道。“原来如此！西湖莼菜，明圣湖……有时间，我们一起去明圣湖看看！”讷亲觉得莼菜有些独特，也就这么和封蓄含说道。“回讷大人，代嫃姑娘从明圣湖回来后，还翻阅了不少医学古书，从古书上已确认这绿叶正是西湖莼菜！而且古人对其早发现了有许多的药用价值。比如用钱塘江里的白鲈做佐膳，与西湖莼菜同煮，以汤服之，可治胃病，此药汤故称鲜莼白鲈羹。”“莼、莼……字也特别，不错！哈哈！鲜莼白鲈羹，不错！”讷大人笑着离去。

Mei Ren Yen

卷十七　下江南

四月底,畅春园满园春色,名花倾国,春风无限。云淳大师伴随乾隆左右,至那日与皇太后一起在这园中赏花后,已是第二次了。

"庭前芍药妖无格,池上芙蕖净少情。

惟有牡丹真国色,花开时节动京城。"

云淳大师走至盛开的牡丹花前,喜眼咪嘴念了首唐朝刘禹锡的诗,乾隆听着笑了起来,道:"朕以为大师终日专心佛经,只为莲枝、松竹和天香等神往,今日才知大师偶尔也愿为牡丹咏词啊!"

"牡丹、莲枝、松竹在贫僧眼中都是生物,上天有好生之德,对贫僧而言可谓一样。可敢问皇上,今日对这百花之王有何感想?"云淳大师说着双手合十,阿弥陀佛。

乾隆若有所感道:"牡丹确实是真国色,或茎蔓缠绕,

花叶连绵,或花朵环抱,或一枝独放……自唐朝以来,被人视为繁荣昌盛、美好幸福的象征,宋朝时又被称为'富贵之花',粉彩瓷器时采用构图多样的牡丹纹,可代表瓷物吉祥如意、大吉大利的意思。哦,大师倒无意中提醒了朕,在本朝官窑粉彩瓷器时,若一改康熙皇爷爷年间的双犄牡丹的样饰图案,在盘内沿钒红圈内以蓝料书篆字"吉"、"祥"、"如"、"意"四字,在宽坦的盘内里用粉彩描绘一牡丹吉祥图,画面中一朵硕大而美丽的牡丹位于盘心,凸显富贵逼人。整个画面还须色彩鲜丽,构图自然清新,尤其是那牡丹,须描绘生动,色彩亮丽,成为画中主角,加上篆书"吉"、"祥"、"如"、"意"四字的画龙点睛作用,朕觉得它定会令人过目难忘、叹为观止。"乾隆说到此命太监方平立刻传旨官窑,按他刚才的旨意绘制"吉祥如意"牡丹纹盘。

云淳大师笑谈道:"贫僧曾闻皇上对某些粉彩器物的型体、花纹等的制定常常事必躬亲,写什么样的款式以及配合纹饰的诗词等,均须经过皇上的审查、批准,然后方可烧制。今日方听皇上对将要绘制的牡丹纹盘进行构思,才知传闻不假。"

"此乃朕之喜好!"乾隆莫不对自己彩绘瓷器的创新而感到欣喜。

云淳大师见皇上面露喜色,面向乾隆又一合十道:"愿

卷十七 下江南

佛主保佑大清江山盛开万年！愿皇上万寿无疆！阿弥陀佛！"

乾隆和云淳大师谈笑春风，游走园内各处景点。过了半个时辰，乾隆挥手让太监丫鬟们退远，悄悄问云淳大师："大师是否已觅得金牛？"乾隆这么问，此话还得从三年前说起，乾隆对大臣们宣称云淳大师去江南云游，实则是让云淳大师去密寻金牛。因乾隆幼年读北魏地理学家郦道元(472-527)撰写的《水经注》，"渐江条"(浙江古称"渐江")写："钱唐县南江侧有明圣湖。父老相传，言湖中有金牛见，神化不测，湖取名焉。"就问小时候的师父怎么才能去明圣湖，还向师父立志长大后定要寻得那金牛。师父正是这位后来出家的云淳大师，当时云淳大师对着年幼的弘历，和蔼地回道："为师对明圣湖和金牛的传说记载考据了《水经注》、南宋《咸淳志》和《梦粱录》、北宋史官修撰的《太平御览》、明嘉靖二十六年(1547)钱塘人田汝成编撰的《西湖游览志》等书籍，定能为四阿哥寻找到真正的明圣湖和金牛。为师离宫寻湖之时，也是为师出家之时。"幼小的弘历当时很诧异，还追问云淳大师，为何要离开这紫禁城，去出家？云淳大师说道：有晚梦见自己登上一座虎头山巅远眺，青山巍巍，祥云缭绕，江水如带，滚滚东流，向后瞭望，有座叫花山的山峰与那虎头山遥相呼应，两山映在一个很大的湖泊中，真可谓"人在路上走，山在湖中游"，

忽见一条小白龙从湖面上飞游至祥云上，又很快将我从虎头山上卷起，放在湖泊的一朵像莲叶的嫩叶上，小嫩叶渐渐变大，变大，我稳坐在嫩叶上。小白龙在空中突然对我说："师父，我是弘历，在乾隆三年后，也就是我登基三年后，你定要回紫禁城，在百花之王牡丹花开之时，让我回钱塘这个明圣湖里，重沾圣水，以升元气。更别忘了，让我食这湖中的莼菜啊，而且是要湖中的金牛口衔莼菜与我食之，不能用凡人之手。切记！"说着小白龙消失在云雾中。还没听云淳大师把故事说完，弘历早就迷迷糊糊睡着了。云淳大师想自己只不过做了个梦而已。所以，成年后的弘历一直只记得梦的前部分，并未听得小白龙。

云淳大师后来真的出家了，远离了紫禁城。直到弘历登基前四年的某天，云淳大师出现在弘历去张居府邸的途中，当时弘历喜出望外，相遇了久久未见的云淳大师，忙接到张居府邸茶水好礼相待，云淳大师在单独与弘历相处的时候向弘历证实了当年所梦地点在世间真有存在，而他在这多年察访考据中，寻找到明圣湖后，在当地的淳桥的奄头池旁古淳寺剃度为僧，法号云淳。云淳说完跪地于弘历面前，双手合十施了佛礼严肃地说道："皇上乃真命天子，万岁万岁万万岁！"弘历见此状，先是一惊，忙扶起云淳大师，云淳大师后来又细说了明圣湖周围的状况，弘历虽觉得只是云淳大师的一个梦而已，但不知为何还是想

卷十七 下江南

立刻奏请他的皇阿玛批准他去江南游玩,以假借游玩之名跟随云淳大师去明圣湖看看那金牛,真切感受一下云淳大师所说的一切。云淳大师劝弘历还不是出宫下江南游明圣湖的时候,还须再等待七年。那时也是乾隆三年后。弘历只好听从他的劝导,默默记下七年之后所要做的事。云淳大师第二日就不辞而别,临行前留了书信与乾隆,说是日后见他不必称他师父。又四年,乾隆在登基前一月在张居府相遇了云游而归的云淳大师。云淳大师相伴弘历左右直至登基。

时间飞逝,转眼乾隆执政三年已过。一日,云淳大师双手合十施佛礼道:"阿弥陀佛!"接着紧闭双眼捻起佛珠,口中轻轻念了一段佛经,乾隆站在一旁正襟听着,一会儿,云淳大师睁开双眼望着乾隆心里默默道:"北水南归,北水南归!"然后向乾隆合十道:"恭喜皇上,去明圣湖的佳期近日已到。贫僧在古淳寺已安排好专为皇上敬香的上香阁。"乾隆听云淳大师说道,百感交集,幼小的梦、七年的神往与期待,如今快变成现实了,乾隆握住云淳大师苍劲的双手:"朕即日就随大师同去。"

"贫僧还有一事,需向皇上一提。"云淳大师望着正在百米远的三叶堇旁浇水锄草的冯秋水镇静地说道。

乾隆朝云淳大师的视线望去,只见一普通宫女在锄草,乾隆没认出昔日那粉袖翩翩的冯常在,不知道大师何意。

"不久皇上将圣驾于古淳寺,寺院前的奄头池旁无花无草,贫僧与那畅春园里的冯施主有缘,想请皇上赦了那冯施主,随去古淳寺替奄头池栽种鲜花绿草,让寺院增添些生机,以不误皇上龙眼。可贫僧不敢擅自做主,何况那冯施主不是普通宫女,正是皇上昔日的常在,冯常在。"云淳大师深知乾隆内心善良,后来又知道冯秋水被贬入畅春园的实情,掐指一算,冯秋水还真和古淳寺有此一缘,故暗自断定乾隆定准了此事。

确实如云淳大师所料,乾隆准了冯秋水即日跟随同往钱塘。冯秋水得了皇上的准,后来赶去云淳大师的住榻拜谢相救之恩。云淳大师禅语道:"女施主去了古淳寺后,与皇上还将有一段小缘分,是否能如你所愿,还得看造化。"冯秋水感激大师指引,便回了住处收拾简单的包裹,准备跟随同往钱塘古淳寺。

傍晚,在乾清宫,乾隆密诏几位信任大臣,不管大臣劝解阻止,乾隆定下了即日起程,贴身护卫程忠和周安、太监方平左右跟随其后,一番乔装后,与云淳大师一起深夜离开紫禁城。乾隆、云淳大师同坐一辆普通马车,方平和周安坐在马车外一起驾车。程忠则担任主要护卫之责,骑了一匹千里马跟随马车后面,乾隆一时未来得及如何安排冯秋水,还是方平心细,给冯秋水单独安排在另一个马车上,向程忠要了两个忠诚可靠的卫兵乔装成马夫给冯秋

卷十七　下江南

水驾车。方平心想,她毕竟曾是皇上的女人,没准一路上,皇上对冯秋水心生旧情,还是不要怠慢的好。就那样,两辆马车,一匹骏马,离开紫禁城向南跑去。

卷十八　美人初见

　　砰的一声响,乾隆从瞌睡中惊醒,见云淳大师坐而不惊,白须被外头吹进来的风儿略微动了一下。倒是坐在马车上的方平隔着厢帘转头低声向乾隆禀报道:"四爷,刚才马蹄子撞上了被人丢弃在路中的木箱上,才发出声音,让您惊吓了哦。"

　　"要小心点,还要走个三四天才能到钱塘。"乾隆说道。

　　"喳!"自出宫后,乾隆命所有人称呼他为四爷,以免节外生枝。

　　正是有缘人处处有缘碰见啊,那沈观岚带着沈才和代嫫乘坐一辆马车从八十里梧园匆匆赶回沈府,因得知沈文病重,马车是马不停蹄地往前行驶。天色已晚,沈观岚命小男奴看见路旁有可供他们住宿一晚的客栈,就向他通报。小男奴一边驾车一边仔细查看着路旁是否有好一点的客栈,

卷十八　美人初见

在沈府自小长大的小男奴知道沈老爷对住宿的要求还是颇高，一路遇到过几间客栈，直到走了约两里多路，迎面瞧见一座灯火通明的客栈，门匾上的字在灯火的照明下显得金黄灿灿，名曰"福如东海"，想必这个客栈名叫福如东海。小男奴兴奋得大声向沈观岚通报。沈观岚、沈才、代嬛下了马车后，进了客栈。

　　江南的春季雨水甚多，入住福如东海的第二日清晨，大雨滂沱。沈老爷、沈才、代嬛只好坐在客栈大堂右边的一方桌上，三人用着客栈小二送上的早餐，还时不时焦急地望着院内滴落的雨水。

　　"四爷，四爷，还是由小的替您把膳食送到您房间里来吧。"方平心想，客栈大堂人杂，万岁爷最好是在房间内用膳食比较好。年轻潇洒的乾隆，好不容易到了民间，"不食一下人间烟火"岂不是可惜。气宇轩昂的他便从客栈楼梯上走下来，在小二的笑脸招呼下，坐在了大堂的左边方桌上。刚坐下，方平急忙跑过来，来不及使唤小二用抹布擦桌子，连忙用自己的袖子扫了扫桌上的灰尘。其实桌子很干净，方平很是用心，生怕对乾隆有所不敬。乾隆早就习惯了太监们的殷勤服侍，也没说什么。方平背着乾隆几步路远，板起腰身对小二喊道："有什么好吃的，全都帮我们爷送上来。"顺着话音把一只小银元宝丢进小二手中。小二看客人伸手大方，又见坐在桌前的乾隆非福即贵，忙

点头哈腰道:"是,是,小的马上把店里好吃的送上来。"

一会儿,大大小小盛满的菜肴、糕点、汤羹送至乾隆桌前。乾隆边用膳食,边和方平说:"云淳大师,今早做早课,所以我没有把他叫过来一起用餐,你这会儿送些早点到大师房中。"

坐在右边方桌上的代嬅,听见旁边有个声音,提到云淳大师,心里一阵惊喜,莫非是师父来到此地。循着声音往左边桌子看去,见一位英姿爽朗、气宇不凡、长得俊美的少年郎正和旁边伺候着的仆人说话。代嬅的心略略颤动,想上前去问个明白,又怕别人见笑,一个姑娘家的怎可与陌生人随便搭讪。只好静等他们谈些什么。

"是,四爷。小的这就叫店小二去做两道素食给云淳大师送去。您这儿慢用。"方平低下腰回道。

"现在外头,不比往日,你去小二那边后,回来坐在我面前一道用餐吧。你一路也辛苦了。"乾隆用体恤方平的眼神望了望方平。

方平受宠若惊地轻声应道:"喳!"就转身去店小二那边。

只离几步远的代嬅仔细观察了乾隆和方平的这段对话,确认了自己刚才没有听错,确实他们主仆二人谈到了云淳大师,只是还须证实一下他们口中所提的云淳大师是否是在钱塘古淳寺修行的云淳大师。她也悄悄看了一下乾隆俊俏的脸庞，知道此人是仆人尊称的四爷。虽然还不知道他们的云淳大师是否是自己的师父，但此刻，她有点情不自禁地出神。乾隆在桌旁尽情地品尝民间美食，心里想着，宫里的膳食还没这儿味道新颖，倒没有留意代嫄他们几人。

"代嫄，再吃点吧，多吃点。"沈观岚见代嫄往左边桌子方向出了点小神，就对她说道。

代嫄听沈观岚说，才回过神来，朝沈观岚和沈才看看，又见沈观岚的目光也朝向左边被称四爷的人打量着，生怕沈观岚看出自己对英俊的少年郎已露好感之态，于是就把刚才所听的谈话和自己的疑虑向沈观岚详说了一下。沈观岚怪代嫄这等事何不早提，他离开位置走到乾隆旁边，拱手鞠礼道："老夫沈观岚，苏州人氏，方才无意间听得四爷和小仆的谈话，有一事想冒昧向您打听一下。"

乾隆见面前突然站着一个五十有余、发须露白、穿着员外打扮的人，还听他喊自己四爷，一阵爽朗地笑声便扬起，笑问道："四爷？好！我还是第一次听陌生人喊我四爷。"

沈观岚先是被乾隆那阵爽朗的又丝毫不逊威严感的笑声中微微震撼了一下，而后再聚精会神地用老花了的眼睛细端详了一下乾隆，果然不是等闲之辈。而此时，见多识广、富甲一方的沈观岚被眼前这位年轻英俊的郎儿感到自身从未有的渺小，他那几日见到大臣讷亲也是不卑不亢，但就是想不明白，为何见了这位四爷，只觉得自己额头小汗轻冒，

身板也不由自主地弯了些。过了半晌,才镇了镇神继续说道:"是这样,刚才老夫这边的代姑娘听得四爷提到云淳大师在客栈坐早课,而这位代姑娘的师父法号也是云淳,所以老夫想向四爷您打听一下,您说的云淳大师是不是在钱塘古淳寺修行的那位大师啊?"

乾隆听沈观岚这么说,内心一想:"云淳大师的女徒,莫非是大师在三潭印月佛拾的女童,这女童不是在江西白鹿洞书院习读诗书吗,怎会来此?朕原本就有兴趣见见这女童。这下遇见了可真是件妙事。"乾隆想到这儿,沈观岚忙让羞答答的代嫄离座走到乾隆跟前施礼:"这位就是代姑娘。"乾隆抬头望见眼前亭亭玉立的代嫄,这次真的是出了神,感叹这世间竟有如此倾国倾城的美貌,拂柳似的细腰儿……年轻的皇帝心怎安得了,起身便向代嫄作书生揖,又温声问道:"在下失礼了,请问代姑娘芳名?"乾隆此刻在美人面前并不把自个儿当成是当朝万万人之上的君主。"回四爷,小女名唤嫄。"代嫄红着脸忙又还了礼。

乾隆很是高兴,让方平立刻去请云淳大师出来,自己又忙和代嫄聊道:"想必我们的师父是同一个师父了。在下能叫你嫄师妹吗?"乾隆觉得眼前的代嫄不会有错,必定是大师所救的女童。真后悔没有早点遇见代嫄。这下可好,在民间认了个师妹,还是个绝色美人。

说时迟,那时快,"阿弥陀佛!"云淳大师出现在乾

卷十八 美人初见

隆和代嫄身旁。

"师父，嫄儿可算见到您老人家啦！"代嫄的双眸差点掉下眼泪，"师父，这两年，您老人家可好？"

"果然是嫄儿，为师终见得你长大成人了。来，快来见过四爷。"云淳大师想乾隆毕竟是一国之君，虽隐瞒是四爷，但也应该让代嫄行礼。

"刚才已经见过礼了。"乾隆忙阻止道，又在云淳大师面前向代嫄问道，"嫄师妹，你们此行去哪儿啊？"

代嫄这下忙向乾隆、云淳大师介绍相救自己的沈观岚、沈才，也把遇难之事向乾隆和云淳大师道了个详尽。云淳大师口中念念阿弥陀佛，站在一旁的乾隆听到此事大怒，立誓定要把那伙作犯之人羁押归案，说着也莫名地心疼起他的嫄师妹。代嫄也不知四爷是乾隆，乾隆是四爷，只知是师父的另一个徒儿，而且也甚是心情愉悦，突然在这客栈巧遇了想念已久的师父老人家，还意外地"捡"了个四爷师兄。

云淳大师从乾隆和代嫄的双目中略有所感。对师兄师妹互称也是赞成，他们两个确实是自己苦心辅导过的一对师兄妹啊，只是一个贵为天子，一个又是聪慧可人的美婵娟。云淳大师心里还是念及明圣湖金牛的要事，也没有多留意乾隆和代嫄的后些时日的相识、相处、相知。

正是在这个雨天，在江南的福如东海客栈，大雨困住

了客栈里要急着远行的客人,大雨也将有情人儿围在了厅内、走廊内、角落里。乾隆请代嫔一起闲逛在客栈走廊上,你一句我一句地笑谈起来。乾隆觉得代嫔不仅美若天仙,更是才华卓越,越发觉得喜爱她了。代嫔呢,芳心绽动,娇羞中偶尔眉目传情,莺声脆脆。在乾隆的请求下,代嫔为乾隆随吟一曲:

春来夏至,雨夜啼啼,
草盛花开,暗香浮浮;
君曰汝唱,笑声萦萦,
日落月出,心怀鸠鸠。

卷十九 御赐"西湖莼菜"匾

客栈东边檐角上雕刻着一只栩栩如生的喜鹊,喜鹊是镂空的,雨水从空中落入喜鹊身体再从它口中优雅地喷出,犹如一条白色丝带在空中飞舞落地。

乾隆和代嫄双双倚坐在廊檐下,对着喷水的喜鹊吟诗作画。乾隆见四周无人之时,还用手捏住嘴唇学喜鹊叫、做喜鹊飞动作逗他的嫄师妹开心。代嫄见乾隆才华横溢,风流倜傥,不逊那张居。"有道是一日为师,终生为父,时至四月底,梅已早谢了旧枝条,牡丹倒开得芳香艳丽,这次的劫难重生,让张居和她各分两地,不知先生是否在为寻找她而担心。"代嫄想到这儿,脸上露出了一丝愁绪。她蹙着蛾眉,微微喘息。乾隆觉察代嫄像有心事,就悄悄问她,何故愁绪?代嫄转过身去,用手绢擦拭了不小心溢出的小滴眼泪,柔柔回道:"只是、只是想起在白鹿洞书

院的师姐妹们。"代嫃本能地回避了谈论张居。乾隆想想也正是情理之中，便好好安慰了她几句。而代嫃却为自己刚才明明想起的是张居却在乾隆师兄面前谎称是思念师姐妹们的撒谎，不觉心若鹿撞，更加娇羞紧张。

"哪儿来的香味？玫瑰香。"代嫃刚说完，见方平端着两碗茶送了过来。乾隆看着代嫃笑笑不语。

"四爷，这是您常常爱喝的玫瑰雨露茶，小的不知代姑娘喜欢喝什么，刚才不敢打破四爷和姑娘谈诗作画的雅兴，就自个儿给姑娘也泡了玫瑰雨露茶。若不符姑娘口味，小的再重新拿别的就是。"方平先把一碗茶送至乾隆面前，另一碗送给代嫃时恭敬地说道。

"那就尝尝小方子的玫瑰雨露茶吧。"代嫃俏皮地说道，一改刚才模样。自乾隆他们来了福如东海客栈，遇到了沈观岚等宫外人，乾隆开始使唤方平叫小方子，大家也就跟着叫小方子了。

"玫瑰花典雅清香，与茶水泡在一起不仅美丽脱俗，还可余香唇齿间。"乾隆先喝了一口，心里想着这玫瑰茶水还是他在宫里常常提倡的，还有玫瑰糕点、玫瑰和其他食物做成的菜肴等。代嫃也慢慢小品了一口，赞道："果然清香，不过这脱俗嘛，还不及一物。"

"何物？哦，我知道了，敢情是那竹子吧。嫃师妹，我猜对了吧。"乾隆不等代嫃回话，自己先做起很有兴致

卷十九 御赐"西湖莼菜"匾

的猜谜先生了。

"非竹。"代嫃说完,调皮地向乾隆眨了眨眼。

乾隆双眼兴奋地注视着调皮的嫃师妹,"哗"地甩开他的扇子,突然两个箭步快速站到代嫃身后,又轻轻把扇子平展在代嫃眼前,代嫃看见一幅青莲图逼真地浮现在扇子纸面上。代嫃知道乾隆想猜莲花呀或者莲叶呀、莲藕呀之类的。"倒也不俗。"代嫃回道,她是由云淳大师抚养大的,对竹子、莲花、青松有着天性般的亲近。只是她真的是发自内心,甚感此人世间还有比这竹儿、莲儿更纯、更超然的物。

它是何物呢?代嫃没有急着说,说是让她的四爷师兄小等她片刻,去去就回。乾隆便听她的,只身坐在廊檐下的石凳上等她回来。江南四月底的气候还有点湿冷,小方子早吩咐客栈小二把乾隆要坐的每张凳子都铺好锦缎垫子,这会儿坐在廊间,乾隆披了件薄棉锦袍,倒不觉得寒冷,突然想到给代嫃添上几件衣裳,便吩咐小方子去附近市集绸缎庄连夜赶做两套满族女"十八镶",再添一件春季御寒的薄棉花袍,花袍上要绣有静穆素雅的牡丹,和那檐上的那只喜鹊。小方子扑哧一笑,心想:"在皇宫里,只见皇后娘娘的凤袍上绣有凤穿牡丹图案,今儿个,皇上分明是给代嫃姑娘添置'鹊穿牡丹'呀。看来,这位代嫃姑娘不久便是妃子娘娘的福人儿喽!"

小方子去绸缎庄后,乾隆接着喝那玫瑰雨露茶,刚喝完,代嬛便端着一碗羹莲步缓缓地朝乾隆走来,乾隆忙起身掀开盘里的碗盖,见微卷的绿绿嫩叶柔柔地在汤水里浮动,不似绿茶,也不像荷叶、竹叶,却嫩茎未叶,细如钗股,看似却比它们个个都显得清新。是什么呢?乾隆品尝了一口,顿觉质嫩味美,刚转头想问代嬛,代嬛浅浅一笑,乾隆顿觉有点神秘,一不小心把刚才拿住碗儿的手忘情地碰住了代嬛的纤纤玉手,代嬛低头很是害羞,紧接着忙把手缩了回去,接着盘儿的乾隆此刻再也按捺不住年轻的激情,忙把盘儿放至桌上,双手用力抓住代嬛的玉手,含情脉脉地看着代嬛的一笑一颦,两人,应该说两颗暖暖的心此刻正彼此悄悄贴近。乾隆迅速把代嬛的娇身拥入怀里,用余留着玫瑰雨露茶清香的嘴唇轻吻她那饱满清纯的红唇,她脸颊也开始泛起红晕,呼吸也渐渐急促。

"师兄,凉了就不好吃了。"代嬛慌乱中,从乾隆怀里挣脱出,端起她刚才做的羹汤娇羞地递到乾隆手中。乾隆把落在胸前的辫子甩至脑后,只好依着代嬛谈论起碗里之物是何料制成。代嬛望着客栈大院内的石山,口中不紧不慢地吟唱起《蓦山溪》词:

"玉箫金管,不共美人游,因个甚,烟雾底。独爱莼羹美。"

"师兄,这就是《蓦山溪》词里的莼羹。我按曾三异《因话录·莼羹》中写道的‘千里莼羹，未下盐豉’，方才给你做了这一碗。”

乾隆刚才品尝时已觉质嫩味美，若不是代嫃娇美动人的容貌让他忘情，早就把这碗羹汤尝完了。听了《蓦山溪》词更觉它有意思。只是有感宋朝的周邦彦在写《蓦山溪》时，未遇见像嫃师妹如此倾城倾国的美人儿，才有不共美人游之说，而朕是天子，朕爱上的美人岂能是周邦彦等凡夫俗子可以亵渎，今天，朕要与美人同游，同爱莼羹，比那周邦彦美哉。乾隆开怀大笑起来，两手又情不自禁地把代嫃拥入坐至他腿上，还让代嫃亲手一口一口地把碗里的莼羹喂入他的口中，乾隆平日尝尽宫中珍品美食，这时细细品味后，还真的是独为这莼羹之滑软细嫩惊喜，也觉“独爱莼羹美”有些道理。

“嫃儿，从现在起，就这么叫你。”乾隆突然在代嫃耳边说了这句话，代嫃笑着点了点头。

沈观岚、沈才急着要回沈府，本想找代嫃商量起程，谁知被程忠阻拦。乾隆拥着代嫃回了房内后，程忠才去向乾隆禀报，说是沈观岚老爷问代姑娘是否可马上同行回沈府。

美丽清纯的代嫃，风流多情的乾隆，在偶遇下情愫燃燃，忘了要事也是情非得已。乾隆舍不得代嫃，但也不想代嫃出尔反尔，于是，让程忠回了沈观岚的话，说过一炷香工

夫四爷等人一起陪代嬅去沈府，云淳大师懂医术，正好为沈家公子看看病情。

沈观岚、沈才准备收拾行李，寻云淳大师询问沈文之病的事。一炷香后，乾隆让代嬅坐到自己的马车里，云淳大师和冯秋水同坐一辆马车，沈观岚、沈才等人也坐马车在前面带路，程忠还是骑那头千里马紧紧跟在乾隆的马车旁。

临行前，乾隆觉得可惜了，不能在客栈与代嬅相处久些，还让他留恋的那朵朵清绿的莼菜。乾隆觉得就这样离去，少了一点什么，便吩咐方平找来一块新匾，在上面御笔亲题"西湖莼菜"四个大字，落款还留下他的书法印鉴及"明圣湖"三个小字。题完后，乾隆命方平把匾额赐给了福如东海客栈的老板。

卷二十　后宫泄密

皇后富察氏扶着皇太后在御花园散步，皇太后长吁了一口气，问道："皇上去江南已有一月左右了吧？"

"是的，皇额娘，皇上去江南已有三十六天。"皇后答道。

"哎，已经一月多了，皇上可否有书信给你？"自从乾隆去了江南，转眼一月有余，皇太后却没有收到儿子的半封来信，以为皇后那儿会有乾隆的来信。

她们在宫娥的簇拥下，踏入一方亭里刚坐下，皇后回皇太后话："三日前，皇上来过一封信，说是一路平安。还问皇额娘凤体可好？让我们不要担心他，他有程忠护卫，小方子伺候。臣妾原本那日就想把书信送与皇额娘看，偏不巧，那几日您正去寺院静修。"说着从袖口里拿出那封信给皇太后。皇太后说皇后看过就好，她不必再看了，还说皇上一切都安好那比什么都好。

皇后应声:"皇额娘所言极是。"

"对了,那小方子是何人物?跟在皇上身边的贴身太监不是叫方平吗?"皇太后刚才听信里提到小方子。

皇后扑哧笑了一下,两人之间聊天的氛围一下子缓和了很多。皇后用玉手把手绢绕了一下,笑嘻嘻地说:"小方子就是方平,方平就是小方子。皇上在信里是这么叫他的,看来,皇上在江南近些时日改叫他为小方子啦。"

"哦。皇后,还有一事,哀家想从你这儿证实一下。"皇太后突然眼神变得犀利起来。

"皇额娘有什么事,尽管说来,臣妾若是知道的,定会一五一十说来。"皇后不知皇太后想证实什么。

"你可还记得否,那日在乾清宫家宴,哀家送与皇上的清黄杨木透雕灵芝如意,听闻已不小心被冯常在打破。奇怪的是损物还在宫里不翼而飞。"皇太后说不翼而飞的时候,语气有点不严厉。

皇后听皇太后突然问起此事,知道宫里有人密告,忙起身向皇太后行礼,惶恐道:"请皇额娘宽恕,是臣妾的过错,平日没有严管后宫妃嫔,才会出了此祸。不过,不翼而飞的破损如意,倒是寻回了,细节臣妾还在查寻中。一旦查明,立刻回禀皇额娘。"

"皇后,皇宫失窃宝物,说明宫廷把守还有漏洞,必须增派人手严管。若是别的宝物,哀家也倒不提罢了,只是这

卷二十　后宫泄密

清黄杨木透雕灵芝如意，是哀家经过万选才选出来的，还是送与皇上，想借如意祥瑞之气祈祷上苍保佑后宫太平，少些勾心斗角之事，也可让皇上一心一意治理江山。所以一定要把它完璧归赵，到时看不出破碎痕迹时，再回禀哀家。"

"臣妾定当不负皇额娘所嘱！"皇后半跪谢恩皇太后不责怪于她，也没加罪于冯常在和李德子。

皇后深深吸了一口渐暖的春风，又向皇太后行了一个礼。皇太后起身慢慢扶起皇后，并让宫女们退下后，才开口继续说道："如意里藏有古传药方，哀家已让参香把一只青色琉璃碗……只是哀家疏忽，来不及抄录下药方里的药引子。哀家定要寻回完好的如意。皇后此事万万不可声张，切记不可泄密。"说到此，娴妃亲手捧着一篮鲜花偏偏在御花园里撞见了她们，娴妃偷听皇太后与皇后的一席谈话后，急忙逃着回到她的寝宫。皇后惊讶着答应了皇太后。皇太后离去，皇后也惦记着李德子在军营的案子被重审得怎么样了。

离了皇太后，皇后在寝宫里传了史大人，向他问了李德子的事。史大人用手摸着长长的白胡子，慢慢向皇后说了李德子去西路军营一路遭遇的事情。查清后，果然如他所料，李德子并没犯法，只是晚上偷吃了军营里的食物，被扩大罪情实属冤枉。老臣已按律法将李德子免于此军营案子的罪，仍旧恢复服役职。

皇后对李德子印象甚好，又是乾隆喜爱的贴身太监。皇后是爱屋及乌，她了解她的夫君。

卷二十一　情满衣绣

沈府上上下下神情都显得异常紧张，沈观岚吩咐管家阿牛招待好乾隆、代嫄、云淳大师他们，他和沈才三步并作两步地向沈文房内疾步走去。

沈观岚与沈才见房内沈柔坐在床边，不停地哭泣，沈文则昏睡着。沈柔抬头看见爹爹和二哥赶回府中。"爹！"她哭喊着一头扎进沈观岚怀里，沈才忙俯身用手搭了搭沈文的额头，自言道："还好，不烫，可能是虚弱导致昏睡不醒。"他转头看了一眼沈观岚。

"柔儿，会好的。"沈观岚轻拍着沈柔的背部安慰着，沈柔才从沈观岚怀中离开，便扶着沈观岚走到沈文床边坐下，沈观岚看着沈文憔悴瘦削的脸，再也按捺不住悲痛的心情，顿时老泪纵横。沈才不忍心看老爹爹为六弟的病情心痛流泪，就转过背对着窗外。

卷二十一 情满衣绣

乾隆住进沈府的客房后，方平打了一盆温水过来，让乾隆洗了把脸，换下了路上的衣裳，在床上休息。代嫫和云淳大师也各自一厢房。

代嫫正在沈府婢女小菊的服侍下，香汤沐浴时，方平在外间敲了几下，小菊应声从沐浴内房穿过两重房门后掀开珠帘来到外间只打开了小半扇门，掩着嘴小声对方平说："姑娘正在梳洗，有何事？"

"哦，没什么事情。我们四爷让我送几套衣裳给代嫫姑娘。"方平说着就把那几日住福如东海客栈时自己跑去丝绸店铺按照乾隆的吩咐为代嫫做了两套"十八镶"和一件"鹊穿牡丹"棉袍。小菊接下衣裳，关了房门，向内房走去。

代嫫赤着她的三寸金莲，踩在铺在木板上的印花白绢上，留下一个个精巧的水印。小菊向代嫫说道："姑娘，方才四爷身边的小方子送来了衣裳，姑娘想选一件现在穿上吗？衣裳很精美啊！"

代嫫指尖轻轻触摸那鹊穿牡丹袍上的那只栩栩如生的喜鹊和绽放的牡丹花纹，"是很精致！"代嫫心里暗暗赞道，再看看那两套满族女"十八镶"也很漂亮。她的俏脸微微露笑，感觉乾隆不仅文韬武略，还对自己体贴入微。她不想拂了乾隆的心意，就甜笑道："今天穿这件吧。"小菊应了声，就服侍她穿上其中一间粉色的"十八镶"，"好

美哦!"小菊为代嫃的绝色容颜而惊讶地称赞起来。

这会儿,乾隆已起床,走至院内,欣赏着沈府的一草一木,回头问方平,衣裳可曾送去的事。方平说已送过去了。乾隆用玉扇敲了一下方平的左臂,说道:"小方子,去嫃儿那儿。""喳!"方平见四周静悄悄的,没有半个人影,就向乾隆行了个宫礼,乾隆斜视了他一下,故意吓唬他:"不可!"方平忙改口应道:"是!"乾隆哈哈大笑起来,方平也跟着笑了起来。

方平又敲了敲代嫃的厢房,只是这次身边有乾隆在。门呀的一声被打开,代嫃在小菊的陪伴下姗姗而来,乾隆看见代嫃穿着满族衣服,打心眼里高兴。方平笑笑道:"代嫃姑娘,穿满族衣裳依然是那么美!"两朵红晕微微染在她脸上,她向乾隆拜了个万福道:"师兄,外头还是有点寒风,有事找我请进里边坐聊。"乾隆跟着走了进去,他和代嫃在方平和小菊面前还是有些不好意思,特别是代嫃总是以师兄妹礼仪相待乾隆,其实他们内心都不把对方当成是师兄妹了。方平向小菊使了一个眼神,小菊跟着他知趣地退下。乾隆适时丢下玉扇,风一样地把代嫃拥入怀里,"嫃儿……嫃儿……"乾隆温柔地注视着代嫃的美目,慢慢地在她的脸颊上一边亲吻,一边轻唤着她的小名。代嫃双颊泛起阵阵红晕,禁不住柔柔地呢喃:"师兄……师兄……"乾隆心里很想要她,就情不自禁地把她抱上床榻,正欲解开代嫘的衣扣,不料被代嫘挡了下来。代嫘心跳得不停,自打认识眼前的这位英俊师兄起,还从未有一个男子可近她身,她整理了一下衣裳,低头对着乾隆道:"我们没有成亲,不能这样!"乾隆忙接着说道:"将来定许你一个名分!"说着乾隆挽过代嫘的香肩,闭着双眼在她的额上轻轻一吻。代嫘娇柔地推开了乾隆,学着乾隆的样子用玉扇在他的左臂上轻轻一敲。乾隆夺回玉扇,正想回逗她,她竟用双手轻轻挪了挪乾隆的肩膀,乾隆顺意坐到床榻上,她则去厢房里间拿出针线篮子,离乾隆远远地坐着,手捻一枚小巧钢针,开始认真地绣衣。乾隆倒也喜欢两人静静地待在一处,尤见得代嫘那做针线活儿的温婉模样儿,竟几次差点失语:"娘子!……"乾隆忍不住偷偷笑着,也暗暗发誓定要与她白头偕老,相爱一生!乾隆不想扰了代嫘绣衣,便在床榻上躺着,想想出宫的这段时日,想着想着也就睡着了。代嫘见乾隆睡着了,便取来床被替他盖上后,又继续绣衣。

刺绣并非易事,何况代嫘采用的是"宋人之绣"。"宋人之绣"按明朝万历年间的张应文著《清密藏》记载:"宋人之绣,针线细密,用线止一二丝,用针如发,细者为之,设色精妙,光彩夺目。"确实,宋绣十分讲究针法,光是针法就分平绣、乱针绣、叠绣、贴续绣、借底绣、发绣、穿珠绣、帮绣、点绣、编绣、网绣、纱绣等。而其技艺上则吸收并融合苏、湘、蜀、粤四大名绣之长,绣法多变,

形成了独特的风格；其摹图内容也大多取材于民间喜闻乐见的龙、凤、麒麟、蝙蝠、孔雀、牡丹、寿桃、如意、八卦、西湖风景等传统画面。正如代嫇此次的绣衣上，就针法已用了宋绣中的十一种，更让人尤为惊叹的是绣衣上被细如发的绿丝线刺绣出朵朵栩栩如生的嫩绿莼叶，暗红色小花也经代嫇的巧手被绣得自然逼真，缀在莼叶茎上，仿若莼菜在夏日抽生花茎时开的花朵。代嫇用力咬了一下线头，拾好余下的针线，放回篮内，起身把绣好的衣裳挂在朝服架上。乾隆正好醒来，见代嫇在朝服架前不停地检查绣衣，便上前搂住代嫇的细腰。代嫇忙着检查刚绣好的衣裳，哪顾得上乾隆的柔情蜜意，嚷嚷道："师兄，快帮我看看！哪里还需要改改？"乾隆只好抬头细看，这一抬头还真是差点让乾隆目瞪口呆，没想到代嫇的绣工竟如此非凡。乾隆见朝服架上挂了两件衣袍，一件为男子穿着，另一件则为女子穿着。男袍上刺有紫底白莼潜在水中，白莼茎叶上暗红小花萌发蔓开，领口与袖口都绣上了精致的莼芽儿，展开衣袍，便是一幅清雅间不失贵气的"莼潜水中丛枝蔓"的美景。而女袍上的刺绣也是旗鼓相当，只是衣袍底色用的是白色，在白色绸缎上刺绣的是一株完整的莼菜，只见莼菜从泥地里须根萌发并发出四至六个分枝，形成丛生状水中茎，再生分枝，深绿色椭圆形叶子互生，长约小指的一半长，每节又生一至二片，浮生于浅浅绿水之上，花茎

卷二十一　情满衣绣

处也生得暗红小花。女袍着在代嬊身上，清新脱俗，与众不同，宛若月宫嫦娥！乾隆看得入神，代嬊道："待秋雨时分，桂花十里飘香，我们便一起穿上，如何？"乾隆回过神，对着代嬊深情地说道："待秋雨时分，桂花十里飘香，我们便一起穿上！好！"代嬊轻轻依偎在乾隆怀中，低头笑道："那明日你先试穿一下，看看哪儿有不合身的地方，让小方子拿来改改就行。""不用，过会你帮我穿上就好！"乾隆用鼻尖温柔地碰了碰她的鼻尖，代嬊羞答答地劝乾隆该回他的厢房。乾隆便依依不舍地从代嬊厢房里离去。

卷二十二　玉粒金莼龙凤图

"这掉了两朵小灵芝的如意，怎么在皇上的寝宫里？"皇后一个多月不见乾隆，为解相思之苦，不由自主地进了乾隆的寝宫，一边轻轻触摸柔软的龙被一边低头皱着眉头。

又说在西路军营的李德子，被三朝元老史贻直查明原委后，恢复服役。乾隆在沈府收到从京城史贻直送来的信，信里说道已查明李德子无罪被释放并恢复服役职。乾隆在沈府的后院，还专为李德子的事踱步了许久，很怀念李德子在身边伺候的日子。正在此时，云淳大师出现在院中，"阿弥陀佛！"云淳大师向乾隆合十道。"大师！"乾隆的思绪从李德子身上转移到眼前。

"四爷，好像有心事？不知贫僧是否可以为四爷分忧？"云淳大师的双眼炯炯有神。

"大师来得正好。我想和大师说《悲悯》。"乾隆右

卷二十二 玉粒金莼龙凤图

手拿着扇子轻轻敲了一下左臂膀,仰头念道,"悲悯!悲悯之情之来临,如春风春雨微微滋润大地,使日月有光,万物生机!"

"高天与厚地,悠悠人生路。行行向何方?转瞬即长暮。人世多苦辛,道路迂且阻。悲风动地来,万象含凄楚。"云淳大师在旁看着乾隆慢慢说道。

乾隆脸上微露笑意:"我情寄何处?我情寄何所?不在山之巅,不在水之浒。嗟我同行人,兄弟与父母。四海皆吾友,如何不相顾?恻恻我中情,何忍独超悟?怀此不忍心,还向尘寰去。"

哈哈,哈哈……曾是师徒俩的他们,好久不曾这样笑过。

第二日,乾隆坐在房内厅间,代嫃一头亮丽的黑发散打着披在肩上,发髻上缀着六颗白蝶恋花珍珠,步履袅袅过来,手中端着一碗羹。乾隆从代嫃手中接过羹,一边品尝一边大赞代嫃做莼羹的手艺越来越好,可与宫中御厨媲美。"御厨,师兄,去过皇宫,还尝过御厨做的菜肴?"代嫃疑问道。

"哦,没有,没有。是我听在京城做官的友人提起过的。"乾隆忙搪塞过去。

"哦,原来如此。师兄,果真喜欢吃!"代嫃露出一副很纯真的模样,越发让乾隆开心,终日见得那些矫柔造作的六宫粉黛,似在牢笼。还是代嫃好,可以无拘无束畅

谈天南地北，还可吟诗作画，乐哉！

"嫘儿，不如我们给这羹取个名字，如何？"乾隆看着碗里朵朵嫩绿小莼菜，很有兴致地说。

"好呀，那师兄，你看取什么名字好呢？"代嫘开心地答道，也一边开始想取什么名字好。

"我见这碗羹滑嫩如丝，味莼清新，又厚胃。不如叫玉粒金莼？"乾隆打开扇子，哈哈笑了起来。

"玉粒金莼？妙，甚妙！玉粒，是因为朵朵嫩绿养颜，如玉一般滑润；而金莼，是因为它营养丰富，能治恶疾，不比黄金廉价；莼，则是味道独特，非一般俗物能替代。取玉粒金莼，是不枉虚名。"代嫘拍手欢叫道。"嫘儿，拿笔墨来！"乾隆说着自个儿已在桌上平铺好镇尺宣纸，代嫘则拂起袖儿，静静地在一旁伺候笔砚。半盏茶工夫，只见一幅题为"玉粒金莼龙凤图"的画作栩栩如生地呈现在宣纸上。代嫘夸乾隆好手笔，乾隆得美人一夸更觉自己才情甚佳，欢喜地又在代嫘额间亲吻了一下。"师兄，前些时日，你送与我的书，我看了，正好念来一段给你一听。"代嫘寻出乾隆给她的书，对乾隆说道。乾隆笑着对代嫘说道："不如唱！"代嫘便翻开书，对着其中几行字，酝酿了一会儿，试着唱了起来：

"滴不尽相思血泪抛红豆，开不完春柳春花画满楼，睡不稳纱窗风雨黄昏后，忘不了新愁与旧愁，咽不下玉粒金莼噎满喉，照不见菱花镜里形容瘦，展不开的眉头，挨

卷二十二　玉粒金莼龙凤图

不明的更漏！恰便似遮不住的青山隐隐，流不断的绿水悠悠……"

曲毕，乾隆悄悄走至代嫆身后，双臂有力地抱着代嫆，心想她读了《石头记》，这首"咽不下玉粒金莼……"的曲子在代嫆的歌喉里唱出宛如仙乐。乾隆看着代嫆似乎很爱手中的书，这书也正是他前些日送给她的《石头记》，不免想起这《石头记》还是他在紫禁城时从曹雪芹那儿弄来的，当时拿它回宫后，后宫妃嫔都争相传阅。这《石头记》里，尤其是第二十八回中的"咽不下玉粒金莼……"这一首词被妃嫔们日日念于口中。只是曹雪芹把《石头记》写得凄惨了一些。

"师兄，听了是否徒增了几分愁意啊？"代嫆见乾隆沉思，向他问道。

"有一点，但师兄刚才被你那金歌喉一下子入了迷。曹雪芹写得好，可惜结尾有些凄惨，等改日碰到曹雪芹，让他改一改才行。"乾隆笑着对代嫆说道。

"师兄认得曹雪芹？"代嫆问道。

"哦，在京城时见过一面。"乾隆还未告知代嫆他是当今万岁爷的真实身份，也就不便多说他曾多次逼着曹雪芹修改《石头记》结尾的事情，对代嫆撒了个谎，说只是面过的情分而已。

卷二十三　钱塘地位

　　话说讷亲、曾涣功和封蓄含几人这些天在八十里梧园陆续查阅了由南支执事邱朊汇总上来的有关江南地区的蚕桑、农牧渔林、河道处置等民事风俗图。讷亲一一仔细看后，并带封蓄含、邱朊等人一同前往钱塘及钱塘附近几个县查访民情，是否与呈报上来的民事风俗图所展现的信息一致。几经查实，讷亲认为图的内容和实地情况一致，并让封蓄含在三日内绘制《江南纯美》图，以完成此行任务。

　　三日后，封蓄含根据讷亲的指示精心绘制了一张幅长十丈的《江南纯美》图，交与讷亲。讷亲看后非常欣慰，封蓄含则放松下来后很想念代嬺，提议去沈府看看苏州有名的缂丝之作。讷亲也觉是该去一趟苏州沈府，《梅鹊图》出自沈家缂丝，沈家必不会是寻常人家。他们第二日便打点好行李，坐马车的坐马车，骑马的骑马，边察访民情边

卷二十三 钱塘地位

行去沈家。

春风已暖,已是五月十五。钱塘江畔六和宝塔古道上,哈夫人、鹧鸪、沙狼和另一大汉焦急地等待张居前来会合。大约一个时辰后,见两匹坐骑从远处古道这边疾跑过来。哈夫人望去,见身影熟悉,想必是张居。

马飞奔到古道口子上,驽马叫停,两人跨下马鞍,快步向哈夫人走来。走在前面的那人确实是张居,后随之人便是张居的书差陈书兴。

"哈夫人……""三爷!"哈夫人和张居这会儿在六和宝塔会合的那瞬间,几乎是同时呼喊对方。

张居接着先说道:"想必夫人已在此久候阿居了!天色渐晚,我们赶快找一客栈先住下来。"哈夫人脸上的黑色轻纱让她的神情增添几分严肃感,她向满怀希望的张居说道:"三爷,我带鹧鸪、沙狼这段时间沿途寻访代嬛下落,却一点蛛丝马迹都没有,甚是难过!"

"夫人,相信代嬛吉人天相,夫人,走吧!"张居也很担心代嬛下落,只好无奈地让哈夫人、鹧鸪他们随同他一起到六和宝塔附近的客栈小住。哈夫人此时回张居话:"我已经在不远处找好了一客栈,三爷还是跟随我一起到那客栈休息。"张居和陈书兴便跟随他们去了那客栈。

客栈不在别处,正是在离八十里梧园南边的坡地上,客栈名曰"香南客栈"。客栈虽是在钱塘官员接待京城大

官的园林场所旁边,但很幽静。客栈江南味儿十足,小溪潺流其间,住客茶水之余轻语漫谈,店小二随叫随到。张居、哈夫人他们都要了上房。

一更后,鹧鸪持短刀离开哈夫人房间,独自走向客栈大门外,时不时张望左右,像是等某人。不到一会儿工夫,见一人影在黑暗中骑着快马朝客栈大门奔过来,鹧鸪聚神朝那马背上的人望去。"鹧鸪姑娘,是咱家。"那人一边跨马下来,一边朝鹧鸪喊去,"我是李公公!"

"李公公,路上可好?"鹧鸪看看四周无人,走过去牵住缰绳,轻声问道。

"一切顺利!夫人在何处?"李德子拴好马,随鹧鸪走入客栈。

"李公公,夫人已给你安排好休息的房间,明日一早夫人便与公公会面。"鹧鸪见李德子衣服上湿了一大块,还泥土沾满,心想八成是李德子途中骑马时不小心摔倒在泥潭里了。李德子从西路军营快马半月,早已疲惫不堪,便由鹧鸪带路去了安排给他的房间,倒头便呼呼大睡。

第二日,李德子和哈夫人围坐张居房厅内茶桌旁,李德子把他的遭遇向张居和哈夫人全说了一遍,还说了能来此地,是皇上皇恩浩大,在西路军营被恢复服役职十日后,皇上便派人特赦了咱家。让咱家快速来钱塘。在赶往钱塘途中却收到鹧鸪姑娘差使的小童,跟咱家说夫人在钱塘香南客栈等候咱家。咱家已奉命前来钱塘,正好会一会夫人。"

哈夫人亲自为李德子添了一下茶水,朝李德子说道:"李公公,我夫君飞鸽传信于我,得知公公被秘密赦放出西路军营,并且赶往钱塘。我便让鹧鸪差了一小童,让他在来钱塘的必经之路等你,传信邀你来香南客栈。今日,果真在客栈见到了公公。"

"李公公,你在西路军营这段日子,可苦了你。皇上还是宅心仁厚,赦免了你。可是皇上为何让你来钱塘?"张居对此疑问李德子。

李德子站起身,打开房门,见门外无人,赶忙关上门,坐回位置,小心说道:"这会儿,万岁爷就快到钱塘。万岁爷让咱家在五月十八日去八十里梧园等……"李德子只说了部分。

"夫人,既然皇上就要来钱塘,是为哈将军洗去屈冤的机会。"张居这段时间没有露出笑意,这会儿嘴才弯了两下。

"是呀,哈夫人。在宫里向皇上提那事,还不如在钱塘见到万岁爷,趁万岁爷开心的时候提提。到时咱家会尽量安排哈夫人叩见万岁爷。喏,还有三爷,三爷可是万岁爷小时候的故友哦。"李德子也觉哈将军之事有机会可向乾隆呈奏,一下子感觉轻松了很多。

"既然如此,我就请三爷和李公公留心,等十八日公

公见了皇上,为我安排面求皇上的机会。"哈夫人说道起身向两位半跪。张居和李德子忙起身扶起哈夫人。

张居因心里担心代嫔,没法心静留在香南客栈,便向哈夫人和李德子说了失陪,带上陈书兴去附近打探代嫔消息。

哈夫人、李德子和鹪鸪便留在香南客栈,李德子向她们表示很大的歉意,因为把哈夫人交给他的那装有密信的绣花鞋垫弄丢了。哈夫人焦急担忧之下也不好责怪李德子,只叹命运安排如此。

晚饭后,鹪鸪从香南客栈外墙上空飞影,呼地窜进了哈夫人房中,哈夫人知道是鹪鸪,点起蜡烛,鹪鸪小心从怀里掏出一物,哈夫人借着灯光看见那物,说道:"幸好把它寻回。辛苦了,鹪鸪,赶快去睡吧。明日还有很重要的事情要你去办。"

"是,夫人。"鹪鸪把那物交给哈夫人后,脱下黑衣,躺入哈夫人大床旁的小床上,哈夫人也放下床帐,睡了起来。

卷二十四　无　味

"钮祜禄·讷亲叩见皇上,皇上万岁万岁万万岁!"讷亲跪拜在乾隆面前。这是讷亲到了沈府后,沈观岚出门恭迎讷亲时,因为不知道四爷就是当今的万岁爷,就请了四爷、代嬊、云淳大师跟随他和沈才、沈柔站立有序地迎接讷亲一行人的到来。讷亲眼明心细,一见沈观岚、沈才左后方站着的那位斯文俊才就认出是乾隆皇帝,刚想弯身跪拜,被乾隆一个眼神"打"了回去。讷亲就只好假装不知,由东道主沈观岚恭引至花厅入座。等茶歇后,大家都各自散去。乔装成四爷的乾隆也回到了自己的房内后,讷亲才一个人偷偷来到乾隆房内,一进门,便有了刚才跪拜皇上的那一幕。

"讷爱卿,快快请起!这里不是皇宫,叫朕四爷就行。"乾隆坐在椅子上,方平站立一旁伺候着。

"喳,四爷!"讷亲前一个"喳",还是改变不了宫中礼仪,后一句四爷倒对了。

"讷亲,这两月你察访民情,进行得怎么样了?"乾隆问话。

"回四爷的话,前几日,南支队已完成察访,并已绘成《江南纯美》图,即可奉上。我已飞鸽传信于西北支和东支,让他们在明日把察访和绘图情况回信于我。明日傍晚,我可以把情况向四爷说明。"讷亲此时已坐在离乾隆旁边的另一张椅子上。讷亲向乾隆提起了沈家缂丝《梅鹊图》极为罕见,乾隆很想观看,讷亲便派人去封蓄含那儿拿取《梅鹊图》,因为封蓄含不仅负责绘画,还兼理珍贵画作的保存。

封蓄含见讷亲派人取画,便小心拿出九龙朝珠檀盒,一同前往乾隆房内。封蓄含和讷亲一样,早在被沈观岚等人迎接时就认出了乾隆皇帝,也猜想到讷亲为何要取《梅鹊图》。所以在面见乾隆时,不慌不张,只是用很轻的声音叫了一下皇上,然后故意拉开嗓门喊道:"四爷,这就是有名的缂丝《梅鹊图》。"说着便打开盒子呈上。乾隆站起来,取出《梅鹊图》,方平和封蓄含接着各手拉着一画卷的一头展开在他的面前。

"梅鹊!如同笔练,二鹊啾啾叫之模样栩栩如生,梅干造型很不一般,韵味十足。不朽之作也!"乾隆赞不绝口。讷亲和封蓄含站在一旁开心至极。

卷二十四 无　味

乾隆吩咐方平去拿松陵太平春酒，正好代嬛过来送莼羹给乾隆，乾隆稍带了点醉意，便呼喊着要代嬛弹作一曲助兴。代嬛便回房取了古琴，焚香弹奏一首《耶溪声声》，琴声时而如耶溪河流潺潺，悦耳动听；时而又急流奔涌，敲击声响。

讷亲和封蓄含为代嬛美妙的琴声不停地竖起大拇指，乾隆更是不在话下，酒香、人美，又有亲信臣子陪伴左右，似在皇宫，又比皇宫逍遥，此番乐得不需用言语形容。

其间，还作诗对饮、猜谜划拳，乾隆、代嬛、讷亲和封蓄含痛痛快快地玩了一整夜。

后三日，乾隆因大醉而伤了脾胃，只管吃什么都无味，说也奇怪，唯独那一绿的莼，让他下得了咽。整日吃莼，也倒不腻，还吃出了不少名堂。莼，入口即滑，且厚肠胃。只是这味道呢，你说它有味，是什么味呢？也说不上来；说它无味，细细一品，还真觉得若似无味。乾隆不觉恍然大悟，对着一碗莼，自言自语道："你啊，无味！却独胜万千美味。无味，便是你最吸引朕的独特之处啊！"经细心调养后，乾隆面色渐渐红润起来，可以正常进食。代嬛悬着的心总算可以放了下来。之后，乾隆召见讷亲，说是决定几日后在八十里梧园举办一场有关江南特产的集展，集展参选的特产不仅要有江南特色，而且还要是深受当地百姓喜爱的特产，整场集展由讷亲主持开展，并由在八十

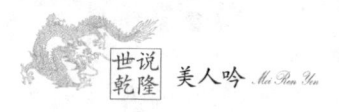

里梧园凡是带品的官员都来做参选后的评判,奖次就分极、上、中三个等级。讷亲领旨后马上遵办。

那日,江南特产集展开始,乾隆以四爷的身份坐在集展的贵客席上,同坐的代嫔也是一番村姑着装。集展人山人海,珍奇宝物、各自特产真是琳琅满目,让人应接不暇。讷亲端坐在由帷帐临时搭建的集展正台上,两眼时不时观望在贵客席上的乾隆,乾隆用扇头指了指讷亲,示意让他不用在意他。于是,讷亲开始颁布此次集展的参选要点以及其他事项,随着大鼓一声长击,参选的各色特产宝贝都被呈至参评官员面前。官员们观赏着它们时而交头接耳,时而又大声争论,特别是对于集展上摆出的一碗"西湖莼菜汤"和一幅《梅鹊图》相争甚是激烈。讷亲眼看集展进行得差不多了,就宣布开始评选奖次。经过讷亲与八十里梧园的众位带品官员为时一炷香的商讨,结果评定的奖次,依次是:"西湖莼菜汤"极、《梅鹊图》上和"断桥伞"中!乾隆哈哈大笑,对着讷亲打趣道:"无味第一啊!"讷亲便命文书记下乾隆的这句金口玉言,文书记下后又问讷亲:"无味第一,还有呢?西湖莼菜要不要写进去啊?"讷亲用手掩住口对文书悄悄说道:"皇上常爱吃那明圣湖里的莼菜,你就写无味第一,明圣湖莼菜!""是,是,马上写。"文书后来就这样记在了册子上。

Mei Ren Yen

卷二十五 情归何处

　　方平正替乾隆仔细地磨墨，乾隆则紧握毛笔临摹《梅鹊图》，正绘至喜鹊时，乾隆忽然想起那日在福如东海客栈和代嬛嬉戏时见客栈屋檐顶上有只喜鹊雕像，当时见代嬛喜欢它，还吩咐方平为她定制了绣有"鹊穿牡丹"的锦袍……思绪就这样不知不觉又飘向了代嬛，"啊！"随着方平的一声大叫，乾隆笔下的墨汁一不小心便泼到了《梅鹊图》上喜鹊的一对眼珠子，整个喜鹊头几乎被墨汁染黑了。

　　"这下可糟了，小方子，快去拿水来擦洗。"乾隆立刻搁下毛笔，让方平去打水。

　　方平跑着出去，又跑着回来，打了一盆水回来，照着乾隆的指示，用小方巾先蘸湿，再去擦洗鹊图上的墨汁，没想到，越擦越黑。乾隆就让方平再去打水，方平第二次打水回来，乾隆让方平把整件《梅鹊图》放进水桶里面清洗。

沈观岚这几日都为沈文的病情愁眉苦脸，因云淳大师略懂医学，为沈文开了几帖清毒滋补的偏方，沈文今日傍晚开始会嘀咕几句，沈观岚这才稍微缓口气，也想去看看府上的几位客人。这才行至乾隆房前，"咚咚！"他敲了几下，又用不大不小的嗓门喊道："四爷，我是沈观岚！"

"小方子，怎办？门外敲门的沈观岚恰恰是这《梅鹊图》的主人哦。若让他看见他的祖传宝物被我折腾成如今这等模样，岂不伤心？"乾隆压低嗓门说道，"不要开门，我们先把图清洗了，在房内晾干。我不想成为这宝物的罪人哦。"方平低头应道。门外的沈观岚见无人应声，便站了一会儿就离开了。

乾隆望着被方平揉洗的《梅鹊图》，不由得想起在宫中被损的那枚清黄杨木透雕灵芝如意。"朕贵为一国之君，享不尽人间奢华，不仅损坏两件宝物，还在这民间小屋内和太监一同清洗宝贝，若被宫里大臣们知晓，君威何在？哎，贵为帝王又如何，总不能万事都随意凌驾于他人，何况嫔儿都看着呢！总不能让嫔儿、讷亲、《梅鹊图》主人觉得朕是随意糟蹋宝物的人，只好暂时委屈一下自己吧。"乾隆又想起了因清黄杨木透雕灵芝如意损坏而牵连的冯秋水、李德子，突然想到了个主意，在方平耳边说了句悄悄话。方平听了脸上顿时笑开了花。

一会儿，方平便领了冯秋水进了乾隆的房内。

卷二十五　情归何处

"四爷吉祥！"冯秋水这次虽跟随乾隆下江南，可途中并未有机会能和乾隆说上半句话，每次都是远远地望着这位和自己曾有过鱼水之情的君主，似是亲夫，又似陌路人。冯秋水似乎真的厌倦了滚滚红尘，见到乾隆竟也不喜不悲。

乾隆见到如此这般清心寡欲的冯秋水，好像动了怜爱之心，用温和的语气对她说道："秋水，你看，这桶里面的梅鹊图如何能清洗干净。你若能替我清洗墨汁，我就免你打碎灵芝如意之罪，回京后，我自有安排。"

"谢谢四爷，可奴婢已不想回京，只想在青灯下平静地生活。"冯秋水想起在畅春园内服役的辛酸往事，不觉掉了几滴伤心泪。

"是委屈你了。"乾隆忙用自己的袖子擦拭着冯秋水清瘦的脸庞。她靠着他的肩膀，暖意涌变了全身。方平咳咳了几声，乾隆和冯秋水方才想起还有正事要办，两人这才拉开了距离，乾隆看着冯秋水柔弱的身子跪在木桶旁，与方平一起费力地清洗《梅鹊图》。在花园、寝宫内翩翩起舞的粉袖美人此刻萦绕在他脑海里，曾常吃冯秋水亲手做的异国菜肴也渐渐回忆起来。

"四爷，墨汁虽已清洗掉，再需晾干便可。但能不能恢复以前的样子，奴婢就不知道了。"冯秋水照实说道。

乾隆便让方平带上未干的《梅鹊图》在外间房晾干，留了冯秋水伺候就寝。

方平去外房间后,乾隆亲自扶起跪在地上的冯秋水,同入床帏内。

方平因照管《梅鹊图》,久久未熄灯。可能是晚上,气候并不干燥,他想明日万岁爷若能看见干了的《梅鹊图》定会龙颜大喜。便想了个法子,在室内点起了约五十支蜡烛,借着暖和的烛光使温度上升,加速干燥《梅鹊图》。乾隆住的卧房和他睡的外间房隔着厚厚的一堵墙,又有布帘遮盖,方平想自己即使点了百根蜡烛,皇上也看不见烛光的。方平想着觉得自己的法子太妙了,乐着迷迷糊糊地睡着了。

乾隆房内,鱼水欢情,方平那边,《梅鹊图》被烛光火气熏得开始发黄。

鸡鸣,东方红日升起,代嫔起了个早,在厨房亲自调制了两碗"玉粒金莼",一碗让丫鬟送至患病的沈文那,另一碗她亲自送去乾隆那里。

也是咚咚几声敲门,里头的方平从睡梦中惊醒,听见有人敲门,便迷迷糊糊地开了门,见是代嫔姑娘,心想这下坏事了。方平尴尬地想让她进来又不想她进来。想一手盖了那图又盖不住,想去内房通报乾隆,又不知道该怎么分身。

"小方子,怎么你昨晚儿点了那么多蜡烛啊?"代嫔见满地都是燃剩下的蜡烛头,有点好奇。

"哦,我怕冷,所以……所以才点的。"方平编了个谎,说着卷起了《梅鹊图》。

代嬛见方平慌张收拾东西,便知有故意向她隐瞒的事情,便故意逗方平:"是什么,我是外人吗?不能看。"

方平早知乾隆宠爱她,断定她不久将是宫中又一主儿,怎能是外人。方平更急了,怕得罪了代嬛,就一五一十把昨晚《梅鹊图》染到墨汁的事说了个清楚。

代嬛见到《梅鹊图》时不仅发黄,而且皱巴巴的。猜想定是被那蜡烛熏的。"若要恢复,也不难。但需一物。"代嬛自集展回来后,有心研读了有关介绍《梅鹊图》的书作,从中获取了不少有关保管、修缮《梅鹊图》的法子,所以这个事情也难不倒她。

方平看着被他越弄越糟糕的宝物,听代嬛这么一说,如遇救命恩人,忙请教代嬛是需何物。

"千年的清黄杨木,煮成汁水,再放入缂丝《梅鹊图》,浸泡二日,拿出后阴干便可恢复原样。只是这千年的清黄杨木在世间很难寻到。"代嬛说道。

"是呀,稀世珍宝啊,这是一宝救一宝啊。"方平心想这下至少也得要挨板子啦。

"羹凉了,就不好吃了。师兄还没起床?"代嬛如平日那样去乾隆房内,看他是否起床没有。

"代嬛姑娘,不可,不可。四爷还在睡呢。"方平担心代嬛撞见冯秋水,忙阻止。

"哦,那就搁在这儿,一会儿师兄起床后,别忘了让他吃。"代嫆望了望那堵被蓝色绸布遮盖住的隔墙,就准备回去。说是时候还真不是时候,里头忽然门一开,冯秋水披着长发走了出来。冯秋水一见是代嫆,忙低头想回避代嫆的眼神,代嫆看了知道是怎么回事,心里有难以形容的一阵伤痛,强咽着泪急忙飞奔似的出了房外。

"代嫆姑娘,代嫆姑娘。"方平也不管冯秋水,也跟着飞奔出去紧追代嫆。

Mei Ren Yen

卷二十六　生死一线

这几日，沈文每日服用由代嬩亲手调制的"玉粒金莼"药丸，病情渐渐好转。晨间，空气新鲜，沈老爷吩咐两名丫鬟用木制轮车载着沈文在花园里逛逛。

沈文望着满园的绿枝红花，听着枝上小鸟脆耳的啼叫声，心情开朗了很多。忽听见旁边水池旁传来一阵哀伤的歌声。丫鬟正欲去水池旁细瞧，沈文忙摇头示意丫鬟不要打扰那唱歌的姑娘。仗着这些日好转的身体，留下丫鬟们在原地待着，自个儿硬撑着用双手使劲地划着轮车往那池边驶去。

"姑娘，为何在清晨唱着如此令人碎心的曲子？"沈文的轮车终于驶到了水池边，汗珠此时从他瘦削苍白的脸庞上不停地流着，他望着姑娘的背影轻轻地问道。

代嬩忽听身后传来一个低沉沙哑的声音，便用丝帕拭去泪水，慢慢转向身子，这才知晓是沈文，便羞言："原

来是六公子,我只是……只是有点触景伤情罢了。"代嫮搪塞了一下。

沈文提起精神仔细地看着眼前亭亭玉立的美人儿,还是一位扎着绿丝带的美人儿,只觉欣喜万分,激动得想起身问代嫮是哪儿人氏?怎会来沈府?沈文见代嫮有种似是故人的感觉,可又一下子想不起在哪里见过。他忘情地想站起来,想和她多说说话,就在起身的那一刻,他一不小心划动了轮车,轮车迅速地拖着沈文向池中滚去,代嫮见状甚是惊恐,急忙全力去追那轮车,却不料,两人双双掉入水池里。

沈文幼时会游泳,无奈多病的他,早已游不动了,身体慢慢沉入水里。代嫮只会游一点点,幸好她发髻上的两条绿丝带绊住了从池中假山上一棵小树蔓延到水里的枝条,娇俏的身子才可露出水面一些。沈文手里抓着的东西正好是代嫮刚才拭泪的丝帕,丝帕被沈文下沉的重力渐渐撕裂,沈文只觉昏迷了一阵子,而后又清醒过来,望着在那一端使劲拽着丝帕的美丽姑娘,嘴角露出温馨的微笑。他的脑子里忽然出现了童年时期在西湖三潭印月莲池旁的那个可爱、漂亮、纯洁的女童,女童的名字叫代嫮,他想朝姑娘大声喊去:"代嫮,代嫮……"可是心有余而力不足,他喊不出,但他非常想喊,他只好在心里面喊着:"代嫮,代嫮……你来了,你来了。"

卷二十六 生死一线

丝帕在水里像被拉成了千万条丝,又一根根变成像断了的弦,代嫃拼命地想呼喊,可惜呛了水的她只能微弱地呻吟着。两人生死一线,危在旦夕。

"你们可瞧见代嫃姑娘?"一路追寻代嫃的方平,跑到了园中正遇见适才陪同沈文的两个丫鬟。照常理,方平跑得比代嫃快,早该追到代嫃了。那就是代嫃有意不让方平找到,在府里兜弯了几下,躲到了水池旁,才让方平急得满府里找她。丫鬟一开始答不知道,方平往前走,她们才疑问刚才伤心唱歌的姑娘会不会是方平正要找的代嫃姑娘,于是上前追了方平告诉有那么回事。方平马上去了水池旁,着实吓了一大跳,见有人被池中的树枝条拖着,心里担心会不会是代嫃姑娘自寻短见啊,忙大声呼救。丫鬟忙奔跑过来,眼看这副情景,吓得个个面色发青。方平忙让其中一个丫鬟和他赶快在附近找个长树枯干,又让另一个丫鬟赶快去府里找能水性的人来搭救。那去找人的丫鬟吓得跌跌撞撞地向府里跑去。很快,有四个家丁带着两个会水性的汉子向水池旁跑来。赶到水池旁,方平和另一个丫鬟正用一根三尺长的树干摇晃着,急得两腿都站不住脚,方平心里念着:"代嫃姑娘,你真傻,有道是,帝王有后宫三千,佳丽成群,你又何必为今晨的小事而投湖自尽啊。老天保佑啊,代嫃姑娘你一定要平安无事啊。"

"扑通、扑通!"随着两声响,两位汉子纷纷跃入池

中,一人拖起代嫔的头让她呼吸,另一人解开被树枝缠绕着的绿丝带,随后两人拖起代嫔往岸边直游过来,到了岸上,汉子使劲按压她的胸口几下,"哇!"她吐出一口水,缓缓睁开杏眼,只听旁人呼喊:"代嫔姑娘,醒来,醒来!"这会儿,沈才也赶到。代嫔忙挣扎着呼喊:"快救六公子,快救六……沈文……"代嫔内心的触痛加上淹水,昏迷了过去。

"啊,六公子。"两名丫鬟尖叫起来,才知道沈文也掉了进去。忙跪在池边,呼喊沈文。沈才更是焦急万分,刚才那两名汉子不等沈才吩咐,互相会意一点头,双双一起又跃入池中,一会儿,汉子的头探出水面,长长深呼吸一下,又潜入池里,费了很大的力气,他们把沉入池底的沈文救到了岸上,吐了一大口水,睁了睁眼睛。手里紧紧抓着几根断了的帕丝,嘴角动了动,却无语。

沈才心疼地落泪,吩咐众人把沈文小心抬回房间。这时,代嫔已被送到了她的厢房。两处都被安排郎中仔细搭脉诊断。乾隆闻讯赶至代嫔房内,甚是担心。

Mei Ren Yen

卷二十七　回马醋

"哦，醒来了，醒来了。"乾隆把扇子搁在代嫄枕边，俯下身子，在她脸颊上深情地吻了一下。代嫄刚睁开的一对杏眼突然微微闭起，两颗小泪珠轻轻地划过她苍白的脸庞。乾隆看得心疼，却不知她为何落泪，心里以为她落水时吃了冷水，身体不适，才落泪。想到这儿，便探过头，温柔说着："刚落了水，身子会很弱，这些天，不要起床，让小菊和方平小心伺候，待会药汤送过来，我来喂你喝。"代嫄这会儿把头向床里头转了过去，乾隆这时觉得似乎哪儿得罪了她，可又不清楚是什么事情得罪了，一直握着她那玉手的双手便紧紧地紧紧地握着不想放开。

"四爷，药汤煎好了。"小菊端着药碗低声向乾隆道。乾隆忙亲自端起热药汤，每一勺，都用嘴轻轻吹过后，慢慢地送入代嫄的小嘴。代嫄喝完药汤，可能是药汤有点催眠的作用，一小会儿，就睡了。方平见乾隆守在代嫄床边，迟迟不肯离去。便上前躬着身关心道："四爷，您已守着

代嫔姑娘整整一日了,时候不早了,该早点休息,这儿有小方子和丫鬟小菊呢。"

乾隆用扇子轻轻一推,示意方平等人退下,他想独自陪着代嫔。方平和那小菊便退入外室,也不敢打盹儿,等着随时吩咐。

"你……她、她……不是的,不是……师兄……"代嫔睡了一个时辰后,突然呢喃着,"师兄,你……你不爱嫔儿……"

乾隆在床边惊醒,看着代嫔精神恍惚地在呢喃,知道自己刚才在床边睡着了。代嫔说的断断续续,费了很大劲儿才有点听明白。回想代嫔落水前的这两天在沈府里的事,突然想到,莫不是昨日和冯秋水同眠而枕,被嫔儿知晓?他忙道:"师兄在这儿,你安心睡去。"他说着抚摸着她的一缕青丝,突然有一种想紧紧拥入怀里的冲动。

鸡鸣,方平伺候乾隆洗漱。完毕,小菊为代嫔洗漱。乾隆见代嫔脸色开始好转,才觉得肚中饥饿,于是吃了羹。

见门外传来几阵急促的脚步声,由远至近。"哦,四爷,您在。"在几人前面的是沈才,他身后是云淳大师和郎中,"代嫔姑娘可好?"

"阿弥陀佛!嫔儿。"云淳大师忙走至代嫔床边,一看其脸色还好,也就放心。

"大师,您坐。沈二公子,大夫,快坐。"乾隆如常

卷二十七 回马醋

人家子弟一样招呼眼前这几位。

"四爷,六弟自昨日和代嬛姑娘落水后,一直昏迷不醒,奇怪的是,六弟口口声声一直念着代嬛姑娘的名字。便想和四爷说一声,若是代嬛姑娘身子好些,可下床走动时,还请代嬛姑娘去六弟房中一趟,以慰六弟念及姑娘的一片心意。"沈才向乾隆施了一礼,刚才那些话儿,乾隆听了醋意便生,可转而一想,沈才只是说昏睡中念叨代嬛的名字,并无提及其他儿女私情,又怎好开门见山直言与沈才呢。便故作自然回道:"一定,一定,请沈二公子放心。"

郎中趁他们在谈话时,为代嬛脉诊,又添了个新的药方,交代小菊煎药去。

窗外星光闪烁,沈文吃了云淳大师亲自熬的汤药,刚开始,他在众人的担心中言语含混,那种状态实在让在场的人担心。此时,沈文慢慢睁开双眼,迷迷糊糊看到几人在他床边围着,随着沈才在一旁轻轻的叫喊,沈文知道自己未死,奇怪的是,一阵清新的口味从嘴唇像微风一样洒入自己的胃中,感觉胃厚了好多。也感觉自己有点气力,憔悴地与沈才小声说了几句,沈才等人就静静离开。

离开沈文的卧房前,沈才对云淳大师恭敬地鞠躬,又不禁摸了摸自己流汗的额头,低头自言自语说道:"多谢老天爷,总算从鬼门关里活了过来!"

然而,正在卧房休息的乾隆,无病无痛,但躺在床上,

已深感全身任何一处都疼痛难忍！忽然他直身坐起来，使劲握起拳头，狠狠地捶了下他的膝盖，自言自语道："沈文……""四爷，代嬛姑娘落水那日想必是生了醋意，您要不去看看她吧？"方平不知这样说对不对，就壮着胆如此说道。啪的一声响，乾隆的玉扇这次重重地敲到了方平的左臂上，苦笑道："原来是个回马'醋'！""什么？回马醋？只听说过回马枪啊！回马醋是什么啊？"方平听了直挠后脑勺。"去！把这墙上的那幅画取下来送与代嬛姑娘！"乾隆指着墙上挂着的《玉粒金莼龙凤图》对方平说道。方平问是否还有其他的话需要一同捎给代嬛。乾隆便在方平耳旁叮嘱了几句，方平马上乐呵呵地拿了《玉粒金莼龙凤图》给代嬛送去。代嬛收到后，问方平他师兄可曾说了什么。方平学着乾隆摇扇的英俊模样儿，苦笑道："回马醋！"说完便一溜烟地跑了。代嬛听了便忍不住笑了。

Mei Ren Yen

卷二十八　东国秘方

"哪！"只见一声突响，娴妃在深夜梦中被惊醒，两名宫女急忙速奔其床前，见娴妃被吓得冒汗，便喊："娘娘，娘娘，莫怕！有奴才们在，请娘娘放心安睡！"

"那……那……那是，什么？"娴妃抖着身子，由于过度紧张，那双媚眼此刻毫无娇美之神，倒是眼角多了点血丝。那一双因惊吓后被充了血丝的眼睛，神经质地向刚才那随着"哪"的一声掷响而落的冷箭忽跳忽呆地望着。那两名宫女一边用被褥小心捂着不停哆嗦的娴妃，一边顺着娴妃呆滞的眼神望去，"啊！"两名小宫女也害怕起来。

"有刺客，有刺客……"娴妃忽然使尽身力拽住宫女，"快来人啊！"

"是，是。快，快，有刺客，有刺客……"宫女也吓得惊慌失措，一听娴妃呼喊有刺客，她们也跟着大喊起来。

此时，正在后宫巡视的几名御林军卫兵立刻朝娴妃寝宫飞快赶来，等御林军查明状况后，皇后富察氏也听闻连夜赶至娴妃寝宫。御林军卫兵向皇后禀明所查之事后，随即奉上刚才落地的那一物，皇后一见便凤眼惊呆，心里暗暗称怪："这被毁了的清黄杨木透雕灵芝如意，如何这顿子工夫出现在娴妃宫中，分明在前些日子里去皇上那儿。"还没等皇后仔细回忆着如意的事，娴妃从床上连滚带爬地下来，忙跪倒在皇后面前，哭着道："姐姐，妹妹平日素未与人结怨，如今却出了刺客横行寝宫之事，着实让妹妹胆战心惊。还请皇后姐姐多派些宫女、太监，日夜保护妹妹安寝呀！"

"娴妃妹妹，快起来。"皇后扶起娴妃，然后平视着娴妃道，"你是皇上的宠妃，你若有些闪失，本宫如何向皇上交代。本宫就依娴妃妹妹所言，今晚起，便多增派人手保护妹妹。"皇后尽管对娴妃以前私会封蓄含画师的丑事仍记挂在心，但还是安抚娴妃后，便由宫女太监簇拥着回宫。那如意也被皇后带走了。

皇后到了寝宫，廖嬷嬷奉上如意，皇后见被损了两朵"小灵芝"的清黄杨木透雕灵芝如意，不禁蹙起了双眉。

"皇后娘娘，依奴才所见，这偷如意之人想必是在警告娴妃娘娘。"廖嬷嬷此时很想为皇后分忧。

"廖嬷嬷所言极是，如意轻而易举地被箭射进娴妃寝宫，是有意在警告娴妃什么。不过，这名躲在暗处的神秘人若真是这样的目的，那行事风格也过于简单吧。本宫认为，并非只是在警告娴妃，必定还有其他不为人知的秘密。"

廖嬷嬷疑惑，刚想探个究竟，皇后示意让廖嬷嬷靠近她耳旁，只听皇后轻轻嘀咕了几语，廖嬷嬷刚才疑惑的脸瞬时舒展开来，忙应和着回道："娘娘才智过人！奴才一定照娘娘懿旨去办。"

皇后富察氏无论多么机智，毕竟刚刚目睹娴妃被警示之险景，又感皇帝丈夫身在千里之外，便吩咐小瓶子传懿旨给御林军统帅，这几日分外严格把守后宫，小瓶子传了懿旨回到皇后寝宫后，也多增加了十个太监里一层外一层地把守着。这一晚，富察氏无心安睡。

这一夜，紫禁城后宫可谓不平静，而离紫禁城"十万八千里"的江苏沈观岚府邸也是不平静啊！

代嫃被沈才请去探望昏睡的沈文，代嫃以还沈家那日搭救自己小命恩情的心情小心守候在沈文病床旁。乾隆和沈才坐在一旁，沈才是忐忑不安，更是疑惑百千。六弟为何会喊着代嫃姑娘的名字，莫非，莫非？哎，自己真是愚钝，便转头向乾隆望去，把脑中所想不由自主地对乾隆道："莫非这阵子，六弟和代嫃姑娘相识、相……恋？"说到"恋"字时，沈文觉得不该那么早下定论，于是压低了嗓音，乾隆虽没有听清楚这个"恋"字，但在场的哪一个人还听不出这弦音呢？

"相什么？相……恋！"乾隆特别把那个"恋"字说

得很重，脸上的表情如同乌云密布。方平见状，便岔开话题道："四爷，您陪了好一阵子了，也累了吧，还是回房休息吧！"

"嫆儿都还没睡，做师兄的岂可扔下六公子不顾独自安睡。是吧，沈二公子！"乾隆朝沈才道。

这下，沈才听了不好意思，便客气道："四爷是寒舍贵客，岂敢劳您久坐病房，只是六弟病重又时不时念叨代嫆姑娘，让代嫆姑娘深夜不能休息，实在是过意不去啊。"沈才起身想送乾隆离开。乾隆挥了挥手中的扇子，示意让沈才坐下，自己也不离去。就这样，他们一直陪着沈文。

四更时，直打盹儿的乾隆回了自己的厢房，沈才也是上眼皮接下眼皮地跳，也回房睡去了。留下了两个丫鬟，当然，代嫆是睡着了，睡在事先摆放好的榻椅上，当然这榻椅的位置也是按乾隆意思指定摆放的。榻椅离沈文的床几尺外，还隔了两副帘子。

"代嫆，代嫆……"沈文突然边叫代嫆的名字，边口吐鲜血在被褥上。丫鬟忙喊醒代嫆，代嫆这会儿也被沈文的呼喊声惊醒，急步至沈文床前，见状，知道病情甚为严重，搭了他的脉搏，又用巾帕小心擦了他的嘴唇，观其色，闻吐出的血："是胃癌！啊，如何是好！"代嫆知道沈文命在旦夕，只是不想接受如此年轻的生命却要早早结束，便想再找找法子，即使是死马当活马医。

“你们在这儿好好照顾六公子，我去去便来。”代嫃和丫鬟们说道，丫鬟们应了让代嫃姑娘放心离去。

代嫃来不及梳洗，一心想救沈文，边跑边回忆着落水的那一刻……代嫃见师父正在晨起打坐，顾不上礼节，一手拉起师父的手，喘气道：“师父，赶紧去救人。”云淳大师问出了什么事了，代嫃说到了便知。

师徒二人便急急忙忙赶到沈文房中，云淳大师见沈文病情加重。经过细心望闻问切，当然只是问丫鬟们平日伺候沈文所知晓的病情状况，果然沈文得的病是胃瘘。这时，沈观岚、沈才、沈柔得知四更时沈文口吐鲜血，几乎是跌跌撞撞地赶来。云淳大师走至外室，默默地向代嫃对视了一下，才悲叹地对沈观岚说道：“令公子的病是胃瘘。”沈家一行人听了全都面色沉痛，沈柔更是泪珠不断。沈才更是以为昨夜沈文已从鬼门关里回来，怎料到今日确诊为这样的病呀。

“嫃儿，你累了一个晚上了，快吃点‘玉粒金莼’吧，快，凉了，就不好吃了。”乾隆让方平端着一碗莼菜和鲫鱼调制的羹送进沈文房内，还没等后面的话说完，乾隆一见沈家的人都到齐了，还有云淳大师，自感不好意思，因心疼代嫃熬夜，又加上落水前他与冯秋水的“床前明月光，帐里缠绵夜”的内疚感，想趁此机会好好弥补代嫃，也就和众人打了个招呼，径直走到代嫃面前，让方平递上“玉

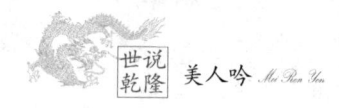

粒金莼"。代嫔此刻一点食欲都没有,只担心着沈文的病情,还是乾隆劝着代嫔把羹吃下去。沈观岚和云淳大师见代嫔实在是辛苦,也跟着乾隆劝代嫔吃羹。代嫔只好摇着勺子,吃起羹来。

"有了!对。"代嫔还没吃完"玉粒金莼",便喜色之情露在脸上,云淳大师问她是否想到了什么法子。代嫔便把那一日去游明圣湖的情节告诉了云淳大师,还有沈家这些人,乾隆听了更是出乎之料。

"哦。嫔儿,那你说的那莼菜便是你碗里的羹。"云淳大师定神看了看这羹中的嫩叶,确实是莼菜,他之前也用它来给冯秋水去脸上的疤痕。

"是,是师兄给它取了个名字——玉粒金莼。"代嫔说着继续向各位讲述那日回到八十里梧园后,特地翻阅了《本草纲目》,及翻阅了其他一些医书,并结合师父以前传授给她的医术,总结出这明圣湖里的莼菜是治疗胃癀的很好的良药。

云淳大师听后,对方平说:"贫僧也知道莼菜可治一些时疫病,但治六公子的病委实还不清楚。可否再做一碗,供贫僧尝试。"方平忙答应道。沈观岚跟着说道:"柔儿,你亲自去厨房,让厨娘做好羹,赶紧送来!"沈观岚用袖子擦了擦眼角,分明已是老泪纵横了,听了这个从未听过也从未吃过的"玉粒金莼",倒是有了一点希望和一点寄托。

卷二十八 东国秘方

"小方子,别忘了加鲫鱼,要新鲜的鲫鱼。"代嬪说道。方平边跑边应了代嬪。

一会儿工夫,热气腾腾的"玉粒金莼"被端至代嬪手中,代嬪用汤匙慢慢地送入沈文口中,沈文一开始双齿紧闭,恍惚中只见两根绿丝带出现在自己的眼前,渐渐地,那水里的可人儿的模样清晰地出现在床前,他顿觉有了点精神,便在代嬪小心的喂羹下,慢慢地吃下了这满满的一碗用莼菜和鲫鱼调制的羹汤。

说也奇怪,沈文连续照常吃了几碗与鲫鱼调制的"玉粒金莼"后,血止,胃也开始舒服起来。过了十余天,便可半坐着身子,和丫鬟们偶尔开几句玩笑。沈文的病房里开始有了点欢声笑语。沈府上下都感谢代嬪。

因到了与李德子在八十里梧园会合的日期,乾隆、云淳大师便与沈观岚一家告别。

代嬪也要去八十里梧园。且说,这几日,代嬪细心照顾沈文病情的时候,沈文谈及了小时候在西湖三潭印月莲池旁偶遇一女童的往事,代嬪也渐渐回忆起了那段往事,他们互相认出了那女童和男童不是别人,正是对面的他和她。他们一阵惊喜、一阵欢笑。代嬪告别前,沈文非常不舍,把一直挂在自己脖子上的酱色小石头送给代嬪,代嬪接过这块小石头,石头上还雕刻了一株精小的莼菜叶,又惊喜又疑惑。沈文告诉代嬪这块小石头,是那日在三潭印月旁

捡到的。当时本来打算送给她的,只是分别很匆忙,还不等送给她,两人便分开了,后来凭着记忆在石头上刻了当年那莲池里的绿叶。如今到了成年,有缘再见,正好实现了这个小愿望。代嫄感动地收下,也有点不舍地告别沈文。但两人约定好,每隔一段时间用飞鸽传书互相联络。

院外,马车、骏马都准备妥当,沈观岚率沈家人齐送乾隆、云淳大师和代嫄他们去八十里梧园。马车正要行驶时,突见沈文坐着木制轮椅被丫鬟推着到了大门,代嫄朝沈文挥挥丝帕,示意让他回房。不料风大,代嫄一不小心丢落了丝帕。旁人都是在告别,加上人多,马车发出声响,也就无人给她拾起丝帕。

乾隆带着他的嫄儿,携同云淳大师等人一起往八十里梧园行去。沈府人等他们马车远去,也就回院内。沈文发现地上有丝帕,心里暗暗希望是代嫄刚才手中的那丝帕,便吩咐丫鬟拾来,他仔细一看,果然是代嫄的丝帕,便开心地把它藏入怀中。沈老爷不让沈文久待院外,便让丫鬟们推起沈文的木制轮椅……

而此刻,端坐在皇宫里的皇后娘娘富察氏心思沉重地端详着这枚没有了两朵"小灵芝"的清黄杨木如意。开心的皇宫家宴、妃子的眼泪、忠厚老奴的……一个个画面像昨日发生之时那样在皇后脑中慢慢飘过,她感怀之余突想起皇太后叮嘱她如意内藏古传药方的事,并连忙用暖炉中

卷二十八　东国秘方

的旺火烧了参香送来的琉璃碗，待碗底热得通透后，又在如意上洒上干净的水滴，再用琉璃碗底照着如意细看，果然瞧见如意里有一小根细细圆圆的木头，只见一手指那样长。皇后仔细盯着这小木头看了又看，发现其表面有凹凸不平的迹象，并吩咐太监连夜召唤懂此类工艺的木匠过来，木匠接到这根小木头，用放大镜细细查看后，木匠禀告皇后说这小木头上记载了一段文字。

　　皇后命木匠把小木头上的那段文字逐字逐句地抄写下来，她接过太监从木匠手中拿过来的那张纸，仔细看了一下，突然忍不住惊喜万分："原来如意内藏东国古传药方，而此药方恐怕在皇宫未曾出现。"皇后于是传来平日里十分信任的一个御医，把古传药方给了御医，命他确认药方是否真的靠谱。御医仔细看后，回禀皇后说道："皇后娘娘，这确实是罕见的东国古传药方啊，微臣可以自己的项上人头做担保，不仅靠谱，而且世间少有！只是这药方……"御医说道这突然停了一下。皇后让御医只管讲来。御医才略有思虑地继续说道："这药方若想发挥作用，得需要一个药引子才行。""药引子？"皇后听此，心想："果真那少了的两朵灵芝里面藏有药引子？难怪皇太后说定要寻回那完好的如意。"皇后让御医暂且退下。

Mei Ren Yen

卷二十九　移动朝廷

　　这天，乾隆后面跟着越发机灵的方平，右后方一顶精致华丽的女轿载着羞答答又美目盼兮的代嫄，夹着几个仆从，紧接着又是一顶女轿，只是外观上没有前面的那顶华丽，略显得朴素些。不用多说，后面轿中坐着的正是被废了的冯秋水，冯秋水此刻坐在轿子里面显得有点惆怅，早已有心皈依佛门的她，却不料那夜误得皇上垂怜，心里不免涟漪泛泛。而坐离她几步之遥的代嫄长时间独坐轿中，难免想起那日误见冯秋水散乱着长发从她师兄房里走出来的情形，心中又开始酸起来，眼泪啪嗒啪嗒开始落下来。忽听得老鹰从天空中滑翔而过发出响亮的嘶叫声，代嫄情不自禁地慢慢吟唱起来。悠悠嘀脆的声音在她的红唇里发出来不由成为一首动听的旋律，乾隆乍听得如身边有小鸟婉转嘀脆声，时而又现瀑布倾斜之声，偶尔又似被遨游天地间的感觉。"妙哉!"乾隆心中暗自惊喜,仔细一听,觉声音似从代嫔轿中传出来,于是他扬手一挥,示意让方平尔等停步下来,他轻轻从马上下来,悄悄走至代嫔轿帘下,那乐曲更清晰更动听地传入乾隆耳中。他开怀大笑,如获珍宝,赶忙取出藏在靴子里的玉笛,和着代嫔的曲子开心地吹了起来。此时,方平和另外几人都被眼前的美妙乐声而乐傻了,上空小鸟成群,路过之人,若是挑着柴担的人纷纷舍下柴担,拎着包裹匆匆赶集的妇人也放缓行速,都只为多看一下吹笛子的雍容才俊和婉坐轿中的美娘子。

代嫔听得帘外有笛声,便缓缓掀开帘子,露出小半张娇脸,见她师兄正在吹笛和她的乐,不由得扑哧一笑,忙把帘子放下,心里不免欢喜一阵。乾隆看见代嫔掀了帘子又放下帘子,以为代嫔还在为那夜之事生气,便使劲吹了起来,只是想逗她开心。

就这样,乾隆一路设法哄代嫔开心,加上方平一旁出了不少鬼点子,代嫔坐在轿子里面还真的很开心。到了路中下榻之所,乾隆也是向代嫔知暖问热,代嫔渐渐地开始释怀了,对乾隆也开始有了新的见解。

第三日,乾隆和代嫔他们便到了八十里梧园。八十里梧园风和日丽,一幅龙祥凤舞的和谐之气。

还有,则是乾隆和几位亲信臣子在八十里梧园商讨"开港"之事,正在犹豫不决时,乾隆先暂停商议,只身去了

卷二十九 移动朝廷

花园散步，迎面来了代嬺，见乾隆一脸愁容，关心着上前细问。乾隆对代嬺本来就毫无戒心，并假装说道："有一京城做大官的友人，为向当今万岁爷奏请开港之国事烦恼不已，开港关系重大，那友人不知如何提甚好？"未料代嬺一听，思路清晰地一连串说出了自己对"开港"的看法，只让乾隆感叹巾帼不让须眉啊，先前的一阵愁云也就风吹云散，格外舒心。

又一日，乾隆召集那几位留在八十里梧园的臣子，有力地说道："须开港，但开港时机未到，只能为真正开港做好基础。"

臣子不能理解君主的意图，而乾隆此刻神秘一笑，却一言不发。几个臣子也就满脸疑惑，又仔细想来，可能是领悟到乾隆的意思，并一同会意大笑，乾隆也是龙颜大喜，一改那几日"不堪"。

那段时日，八十里梧园不仅成为讷亲在钱塘的行事驻地，也是乾隆此次下江南为临时解决朝中要事的场所。

其实，乾隆出宫的这段日子里，凡是需要与臣子商讨要事的时候，人行至哪儿，哪儿便是处理政务的临时场所，他和讷亲几人也笑称是四阿哥的"移动朝廷"。

卷三十　龙游钱塘

乾隆乃九五之尊，未到八十里梧园前两日，讷亲早私下派人飞马传书曾涣功，叮嘱他小心伺候主子。曾涣功便把八十里梧园的鼎峰之作——九龙印峰坤，派了会事的曾从皇宫里退下还乡的老嬷嬷和老太监，花了两天两夜，终于把原本就富丽堂皇江南最鼎的九龙印峰坤，擦洗得连地板都闪闪发金光，桌子摆的餐具更是金中雕龙，盘中凤飞。

而此时的乾隆正在游玩西湖三潭印月，西湖山水涟漪，乾隆牵着代嫃的玉手，一起开心地游玩西湖山水，还去了天竺山，一同品味了天竺竹品。而后，他们又顺着云淳大师模糊的并且又是美轮美奂的那个美梦，也混合着代嫃对莼的发自内心的珍爱，他们在前面行走，后面随从护卫两个，一起去了明圣湖。到了明圣湖，他俩一起抚摸了湖中的莼叶，喝了甘泉如甜的智酿泉水，游玩得不想再离开这个世

卷三十　龙游钱塘

外桃源。眼见太阳快要下山，护卫劝乾隆早早返回八十里梧园才好，以免讷亲担心。乾隆这次后悔带了护卫出来，但也只好打算与代嫄先回八十里梧园。只是水路从明圣湖回八十里梧园须路经坛山，代嫄无意间向乾隆提起她曾游坛山时遇见过一条像蛇似鱼之奇物的故事。乾隆听后，觉坛山神奇，说什么也得上坛山一游。于是，他们在返程路中，沿石阶上了坛山，乾隆细细观看坛山的山脉，见其脉似与明圣湖侧的龙山一脉相承，可谓龙山之支脉。坛山东面又是奇石林立，怪岩成群，玲珑得异常可爱。北门石头，一个一个又若"光头"满山，千姿百态，似"百兽群"。乾隆高兴得甩开他的玉扇，见代嫄在不远处的一侧石壁下观赏，他便跟了过去。代嫄见乾隆也来到了石壁下，她便对着石壁上题的诗句念道："颓然见兹山，一一皆天作。信手铭岩墙，所愿君勿凿。"念完后，她对着乾隆说道，"这是朱文公朱熹的诗句，石壁北侧便是棋枰石。上回游坛山时，也发现了清虚洞天洞侧留有朱熹的题撰。"乾隆细细观看了石壁上朱熹的诗句后，又听代嫄这么一说，更是惊喜地牵着代嫄的玉手，朝清虚洞天走去。不过，这次代嫄留了个心眼，让护卫用随身携带的卫刀轻敲石间小道上的草木，生怕又撞见了那奇物。清虚洞天离棋枰石南侧的石壁很近，乾隆与代嫄稍稍走了一会儿，便到了清虚洞天。乾隆仰头望向洞侧，见朱熹题撰："绍熙甲闰十月癸未，朱仲晦父

南归,重游郑君次山园亭。周览岩壑之胜,裴回久之。林择之、余方叔、朱耀卿、吴定之、赵诚父、王伯纪、陈秀彦、李良仲、喻可中俱来。"乾隆观后感叹道:"早闻江西白鹿洞书院朱子教规名传千里,只是未曾去过白鹿洞书院。今日游明圣湖,不曾料到在坛山上倒见了朱熹的题撰!哈哈!"代嫆脑中也不禁浮现出书院堂室墙上挂着的《朱子教规》。护卫又劝驾需赶路返程,乾隆与代嫆便起身欲回八十里梧园。坐船离开坛山,乾隆拥着代嫆的香肩,听着缓缓的水声,不知不觉到了岸的另一头,他们上了岸,行了一会儿陆路,回到了八十里梧园。不料园内有装扮极艳的美人在园中一塔上,翩翩起舞,舞的便是那祝佛舞,金灿灿的一片,未多久,七位美人儿舞至塔尖的一圈塔廊上,代嫆被醉心外,乾隆更是暗自惊讶民间处处好风光啊!

后,回至九龙印峰坤。

乾隆让代嫆坐在身旁右侧,两旁讷亲、云淳大师、曾涣功等大臣们站立,宛如在紫禁城,不同的是,乾隆旁边不是皇后富察氏,而是风姿绰约的代嫆。代嫆有些紧张,好在方平在乾隆的示意下让各位大臣都坐了下来,她那颗悬了半空的心才渐渐平静起来。代嫆此刻在惊疑之中也开始在琢磨,眼前的这位四爷师兄是何许人?为何大臣们见他如见君王。

"皇上,微臣恭迎圣驾有不周之处,请恕罪!"只见

卷三十 龙游钱塘

曾涣功双膝跪地。

代嬛听见"皇上"二字,偶觉一阵晕眩,在旁伺候的小方子忙递了莲子茶给她压惊,并用眼神示意代嬛不用惊慌,只需静坐一旁。代嬛在慌乱中便吃了那碗中的莲子茶。而乾隆看了一时半会儿还不能接受他真实身份的代嬛,龙颜微喜,悄悄抓住代嬛的左手,意思让她镇静。乾隆清了清嗓子,可能是一路吹笛,声音有些带哑,向曾涣功说道:"曾爱卿可谓用心良苦,这九龙印峰坤珍宝无数,富丽堂皇啊。但朕还是感觉略缺了什么。"

"恕臣愚昧!请皇上明示!"曾涣功鞠身回禀道。

"讷亲,你觉如何?"乾隆龙眼盯着讷亲。

讷亲环顾金碧辉煌的九龙印峰坤,也不知缺失什么,只觉得堪称江南一绝,江南还有何处可以寻得如此富丽堂皇之地。

只见封蓄含酒醉大摇大摆一改常态从外进入,见皇上襟坐上方,扑通一声跪地道:"皇上,万岁万岁,万万岁!臣知晓,若在阁中挂上美人图,岂不妙哉!"殊不知酒后失态,连着话音未落,一幅清水出芙蓉的美娇娘的画儿从封蓄含身上掉落下来,散开在地上,大臣们纷纷盯着地上的美人图。

"封画师,如等醉态,岂敢前来面君。快退下!"讷亲恐封蓄含被乾隆降罪,忙怒声叱责道,并双膝跪向乾隆

请求免去封蓄含的醉酒失态之罪。

不料乾隆说道:"讷爱卿,朕此次初来八十里梧园,见到钱塘有如此宝地,甚是心欢。封画师酒醉,不必计较。但地上画作何来,速拿与朕一赏?"

"这、这……"讷亲头上汗珠一下子冒了出来,心里只担忧:"这可是代嫔姑娘在明圣湖的浴水图啊,画虽是千年难遇之佳作,但此时若当着另外大臣的面子,给皇上看了,只怕皇上的面子挂不住。这下该如何是好?"讷亲在迟疑之时,方平却被乾隆命去取画。画被呈至乾隆眼前,乾隆一见画中美人儿被绿绿的莼菜叶簇拥着,水珠还从美人白白的玉臂中滴入莼菜叶中,而那对会说话的眼睛却像极了代嫔的双眼。代嫔在一旁瞧到,也知是那日在湖旁画师为她作容,便羞答答地跑着离去,心中也不免担忧,忧的是身为九五之尊、一国之君的师兄,会为这画之人、画之事作何想?若怪罪于封画师,如何是好?乾隆果真铁青了脸,非常震怒。

霎时间,九龙印峰坤正堂内,乌云密布,像是要下倾盆大雨似的。可惜那个封蓄含还醉在梦乡中,可恨的是他还大咧咧地嚷道:"皇上,美人图,嫔美人……"此一呼唤,乾隆震怒起身,大臣们也纷纷起身,只见封蓄含被拖了下去。

卷三十一　明圣一梦

"此画中人并非嬽儿也！"云淳大师这才站出来，做了阿弥陀佛十礼，"皇上，画中地乃九五祥云之其中一朵漂浮地界交叉后，让那地更沾了仙气，画中湖乃明圣湖，湖中之人乃仙人也！非凡间女子！请皇上斟酌。"

乾隆见云淳大师如此说，便让左右退下，只留云淳大师和他二人密谈。

师徒二人对着画卷，细细研究起来。乾隆听了云淳大师一番讲解，开始深信那画中美人并不是代嬽，若不是代嬽，那也就不必责罚于昨日醉酒失态的封蓄含。对乾隆此时更有价值的是，他在画中一目了然地可见明圣湖周边之神形。望着那绿绿的莼菜，和代嬽貌似的仙子，他更觉这明圣湖是块难得的宝地。年轻的乾隆，一身英姿飒爽，显赫尊贵的帝王身，更兼得非凡的才气，这下，怒意才很快消去。

"之前朕已和嫔儿一起游玩了明圣湖。但朕想和大师再去看看。大师,你看,何日动身?"乾隆问云淳大师。云淳大师掐了掐佛珠:"今日便可!"乾隆乔装后,便紧跟云淳大师再次去了明圣湖。

八十里梧园与明圣湖只隔十多里路左右,乾隆幼年开始习武,练得一副好身手,十多里路对于他来说并不是很累,只是平日因是帝王不好随便行走。这会儿,倒让乾隆有了新鲜之感,跟随他师父云淳大师这样行路,还是第一回。云淳大师倒处处照顾这个非等闲之辈的徒儿,路中一有陌生人靠近,他都左右警惕。护天子独行非易也!云淳大师更不是一般寺庙徒有虚名之辈,武功并不亚于乾隆。

快到明圣湖时,忽然晴空下起雷阵雨,这雨怪的是无风无浪,天空也不变暗,一朵乌云也不曾见,倒是明圣湖旁的龙山上南面的那片树林一下子绿了很多,也感觉长高了不少;右边那虎山的山爪似乎往后退了几百米。这些云淳大师看在眼里,心中明白,于是让乾隆停下步子,开始捻起手中佛珠,口中不断喃喃念着佛经。乾隆年少时便知这云淳大师念起佛经来,是最忌讳有人打搅,今日与他来明圣湖,说也不说什么,就只顾自己念起经来。乾隆笑了笑,让方平等人退下三丈外,还命他们不要扰了云淳大师的禅坐。方平等人退远后,乾隆找了一处干净的干地便打起盹儿来,可见刚才一路还是有些累着了,一会儿便迷迷糊糊地睡着了,

卷三十一 明圣一梦

于是做了一个梦，梦里的乾隆突见明圣湖东边一朵五彩云向自己飘来，云中莲叶上坐着一位庄严的仙子，仙子手持一朵非常大的莼菜叶，邀他入明圣湖，他随仙子入了湖中后，本想会水性的他游在水中，但见仙女用莼菜叶往湖中一挥，一头金灿灿的牛便从湖底升起，面朝乾隆低头作揖，口中含了一株连根又开着小紫花的莼菜，渐渐地，那莼菜变大变大，变成一朵大莲蓬似的，仙子请乾隆坐其上面。乾隆坐在那变大的莼菜叶子上甚是高兴，又仔细打量了那叶，胖嘟嘟的十分惹人喜爱。因乾隆早年学习书画时，画过莲叶，莲叶的叶上有一条茎，而他此时坐的叶上没有那一条茎。乾隆甚是好奇，问仙子这莼菜叶为何没有那莲叶的茎。仙子笑语道："此乃因有龙琼包裹着叶，也就没有那莲叶上的茎！"

说着，只见金牛用双蹄踏着水面，驮起乾隆往岸边走去，到了岸边，把乾隆放在地上，让乾隆站起身来。金牛跪地道："老牛已在此地等了您五千五百九十九天！"

仙子做了仙法，让金牛的左眼变大变大，乾隆突然身体变小，被仙女的法术进了金牛的左眼里。乾隆在金牛的左眼里看到了自己的真身原来是一条小白龙，又看到了万年前自己在这金牛湖里何等欢快，常吃湖中的莼菜填饱肚皮，特别是有一次，小白龙全身难受得了不治之症，是仙女乘坐着金牛为他食了莼菜才得以康复。又在里面看到了自己因一次悄悄在明圣湖旁的一户人家里玩耍，不小心差点被凡人看见,赶忙窜入湖底,却因那年干旱湖水变浅,他壮壮的龙身藏入湖底不是那么容易,于是头上两只小龙角无奈变身成竹笋冒在凡人菜园里,那户人家的主人瞧见园子里有两只新鲜的竹笋,便用刀子割了准备下厨,小白龙那时疼得要命,就痛叫一声且急落眼珠,于是那日乌云满城,雷雨阵阵,地动山摇,那一户人家被汹涌的湖水卷入湖底,旁边很多村庄家舍也被埋入底下,明圣湖也变得比以前更深更大,而小白龙则飞向高空,去了九霄云外……

"好!是时候让小白龙从金牛眼中再度出世!"仙子突转向金牛,朝金牛左右一望,金牛忙闭起双眼,摇晃了牛头,再睁开牛眼,乾隆便像一个小矮人顺着金牛的眼睫毛从金牛眼里走出来。双脚一沾到泥土,便迅速变回真身。云淳大师突然作揖跪于乾隆面前说道:"贫僧替天下沧桑感恩于皇上,愿我主实大清盛世,富国强民!"此时,仙子飘落在牛背上,端着一碗煮好的莼菜汤给乾隆品尝。乾隆端起便尝,觉味道鲜美,仔细品尝,又感汤中的莼菜无味,让这位尝过世间各种珍贵佳肴的帝王万千感叹道:"世间无味之物独有此明圣湖莼菜啊,而有味之物却不及此啊。朕欲给莼菜又一名!"仙子默许。"朕此身于明圣湖,而明圣湖在江南钱塘的西侧,临钱江,又倚扬子江,受钱江潮水日夕月潮,又染扬子江畔百姓人气,与西湖同泥,湖中绿绿莼菜实乃上天赐予小白龙琼浆宝食,小白龙得天恩

卷三十一 明圣一梦

赐为造福百姓之主，故朕才又得此被琼液包裹于一身的莼菜。感上苍恩之浩大，故朕不能一人独享此物。此物也是药，味是纯，今欲分享与百姓常人之家，故取名西湖莼菜，如何？而朕把它带入宫中，让宫中之人唤它为明圣湖莼菜。"

仙子笑着对视乾隆，一同觉明圣湖莼菜和西湖莼菜都甚好！一个用在宫廷，一个用在人间百姓家中，甚好也！仙子便用莼菜叶条在湖面上写上："真龙天子赐名明圣湖莼菜、西湖莼菜！"仙子写完便飘向上空，乾隆目送仙子离去，金牛把他驮回岸边后，朝乾隆三拜后便隐入湖底。

……

"阿弥陀佛！"云淳大师禅坐完毕，对着快要醒来的乾隆念道。

乾隆醒来后，对刚才的梦境记得十分清晰，他对大师说道："大师，刚才朕做了一个很特别的梦，虽只是一个梦，但让朕宁可对梦境之事信其有啊！你择此地潜心修佛，有什么需要朕替你做的事，大师尽管说与朕听！"

"贫僧已在明圣湖附近的村子里修建了一寺庙。只为皇上洪福齐天，若有需要，日后贫僧定会向皇上开口！"云淳大师答道。乾隆说想要去拜一下寺庙，云淳大师道："帝乃圣君，拜庙之日须择日前往。等贫僧护送皇上回到八十里梧园后，便回庙中静候圣驾。"乾隆准许后，一行人便回了八十里梧园。

卷三十二　万民来朝

说到张居和哈夫人，还有李德子一行人早已在八十里梧园恭候圣驾。李德子在军营那段时间实则是乾隆的卧底，今日一朝面君，李德子不负乾隆重托，把军营里面各种小事、杂事统统记在一本小册上，李德子还取了个册子名，名曰："李德子每日一记！"乾隆翻了几页，顿觉西路军营腐败猖狂之极，哈将军蒙冤甚屈，于是让李德子小心保管这册子，回宫后定要给哈将军等人还冤昭雪，并将那一概奸诈之人统统定罪。李德子泪水纵横，哈夫人也有幸面君。此时，哈夫人早已摘下面纱，这也是李德子再三叮嘱哈夫人见了皇上必须摘下面纱，哈夫人也是明晓事理之人。倒是张居此刻见了乾隆，除了君臣之礼外默不作声。乾隆因从明圣湖回到八十里梧园后，还未来得及见代嫔，忙着处理李德子入营所禀之事，这会儿见到张居，自然也是没有时间与

卷三十二 万民来朝

张居私聊。

代�在花园中见到哈夫人和张居,不由得百感交集。代嬪在张居和哈夫人一句句的盘问下,终于知晓了那日在庐山上代嬪被抢去钱塘的遭遇,张居和哈夫人非常恼恨那伙干坏事的人,在讷亲的安排下,曾涣功书信与江西巡抚,立拿当时残害代嬪那一伙人。事后,乾隆知此事后,让讷亲领了圣旨前去江西府责清庐山一事。讷亲第二日便起身带了十余人马前去江西。

隔了几日,正是六月荷花盛开之时,乾隆从云淳大师的庙里回到八十里梧园,差了曾涣功和方平前去寺庙送帖,云淳大师收到帖子后,朝八十里梧园叩拜三下,并让寺庙里的小和尚把乾隆亲笔的帖子挂于寺庙柱廊前,上写道:"文武百官,落轿下马!"乾隆之帖可见对寺庙何等尊意。后来云淳大师还把这几个字雕刻于寺庙前的那座桥上。每逢有官员路经此桥,必须衣衫整齐,落轿下马,步行至庙前。

再说宫里面这段时间,像是闹沸了的锅一样,皇后富察氏、娴妃都十分惊慌。道是出了什么事情?原来与大清国相邻的朝鲜王国来了一位使臣,主要是来向大清国乾隆帝进贡,但还有一事奏请皇太后说是想见一下冯秋水。皇太后见了使臣,才从皇后那儿知晓秋水已被皇上贬为女婢后远发配至江南。娴妃一开始从皇后那儿得知使臣要见冯秋水,甚感奇怪。皇后富察氏道:"冯常在,名秋水,其

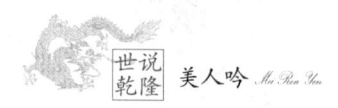

实并非女真,也非汉人,实乃朝鲜国人氏。雍正爷在位期间,当时朝鲜国派使臣前来进贡,带了些朝鲜美人献给皇上。雍正帝见美人中的冯秋水清新可人,便赐予当今皇上,那时还是弘历。不料皇上那时并没有对冯秋水起男女之情,倒是对于出生在异国的冯秋水的朝鲜饮食、朝鲜药材感兴趣,每次向冯秋水了解那些事,足足花两个时辰。据本宫了解,那时的冯秋水暗暗对皇上许下了爱恋之情。可惜最终还是花落两处。冯秋水虽然只是一个陪贡女,但是冯秋水未进宫之前曾在朝鲜国王宫里面伺候过朝鲜国老太后,朝鲜国老太后念主仆情深,直至离世前交代使臣若出使大清国必要看望冯秋水。故而那日冯秋水在打落清黄杨木透雕灵芝如意之时,不能重罚于她,也是念了朝鲜国老太后的情面。"说到这儿,娴妃不由得惊慌起来,皇后只觉娴妃表情奇怪,心中起疑,但又不知是什么。等娴妃离开后,便叫了心腹吉虎悄悄盯着娴妃的一举一动。

  月亮悄悄躲进云里,天变得很黑,两个黑衣人悄悄入了娴妃寝宫,娴妃刚才假装入睡安寝前,让丫鬟喝了点迷酒,此时两个黑衣人进来,丫鬟们也浑然不觉。娴妃忽听一声冷风,先是打了个冷战,等黑衣人撕下黑面中,便镇静了下来。

  "姐姐,可好?"只见娴妃小步过去,一手用力抓住其中一个黑衣人的双手。那黑衣人的面庞在黑夜里借着灯

卷三十二 万民来朝

光若隐若现,被皇后派来盯梢的吉虎此刻半身悬在柱子上,只露出半个头监视着寝宫内的一切。因烛光微弱,加上吉虎的眼睛是倒着看过去的,只知晓被握住手的黑衣人是一个面貌姣好的妇人,而另一个是高大威猛的汉子。

"我安好,妹妹那事可解决?"黑衣妇人也握着娴妃的手继续说道:"我可是日夜策马加鞭从钱塘赶来京城,总算见过万岁爷了。"说着,娴妃拉着黑衣妇人坐在桌前,那汉子则在门口把风。"姐姐见到皇上后,想必是不用再见那云淳大师了。"娴妃对黑衣妇人说道。黑衣妇人点头称对。

"皇后在调查清黄杨木透雕灵芝如意之事!"娴妃轻声对黑衣妇人说道。黑衣妇人道:"嗯,姐姐知道了。封蓄含在八十里梧园因醉酒一事惹皇上大怒。你在宫中可要加倍小心!那两朵灵芝如意已在鹧鸪那里。"

"姐姐,你放心,妹妹我在宫中谨言行事,和皇后相处也好,皇后对妹妹也未有半点疑心。妹妹对蓄含也早下了断绝往来之意。"

"你若早点有此决心,姐姐也大可不必劳心周转,为你避嫌。听闻皇后冰雪聪慧,她也撞见过你们的事。"

吉虎听二人之言,觉得不妙,封蓄含画师怎会与娴妃有关系。他心想不用多管,继续听他们怎么说。

谁知就那么一打糊眼儿,剩了娴妃一个人。只听后脑

勺一击,便从梁上掉了下来,一时昏了过去。

再说富察氏左等右等吉虎未回来禀报事情前后,心里暗想此事复杂,更对娴妃起了疑心。次日晨,还未见吉虎回来,恐吉虎已遭不测,便让轻易不出面的吉龙前去追踪娴妃寝宫一举一动。

吉龙神龙见尾不见首,花了半日之工夫,便来到了皇陵处。那儿,他跟踪到了两个行踪神秘的人,那两个人拖着一个大麻袋,一人着白衣,另一黑衣人见四周无人便穿上一套白衣,看似一男一女,那两人对守陵的士兵说是受命送祭奠用的物品去皇陵内。士兵起了疑心,便拦住了他们俩,另一机灵的士兵便快马跑去皇宫大门,在路中正好被吉龙瞧见拦住,吉龙正在追踪吉虎下落,便向这个士兵亮了他皇后凤驾前的左吉龙的腰牌,并有计策地在士兵耳中小言几语,士兵领悟后,便带了吉龙回到皇陵大门前。那时,守陵大门前的几个门外士兵拦住急着想进去的白衣人,正在过招。吉龙假装帮白衣男子和白衣妇人,三下两下后,带吉龙回来的士兵暗暗使了同僚的眼神,那几个门卫士兵忙假装败了下来。于是,白衣男子、白衣妇人与吉龙一起拖着那个大麻袋进入了皇陵。

在一石道旁,这两个白衣人停下脚步,感谢吉龙出手相助。便拖着大麻袋与吉龙分道,还叮嘱吉龙从山道回京城。吉龙又假装回去,好在轻功非同一般,半炷香工夫,又跟

卷三十二 万民来朝

在了这两个白衣人身后。此时，白衣男子和白衣妇人并没有觉察到后面有吉龙。并不是两个白衣人武功一般，只是吉龙已是当今数一数二的轻功了得的高手，曾是雍正帝亲赐吉龙吉虎与富察氏左右。

皇陵内冷风嗖嗖，这两个白衣人更是神秘莫测，只见他们一溜烟似的进了五六棵松树挡住的石门，他们进去后，石门自动关上了。吉龙悄悄跟着进了去。下水道，通过密道进了一个很大的地下园子，里面藏有很多经书。白衣男子把吉虎关在一个原是藏经书的大木头箱子里。白衣妇人则拿出一本册子，焦虑地看了起来，其间与白衣男子小声低语，也不知讲了什么，吉龙没有听见，倒是被关在箱子里的吉虎在重击后醒了过来，听见那两个白衣人其中一个声音便是被娴妃叫姐姐的人，口音听起来是回回人氏。那白衣妇人道："如今皇上远在宫外，宫中只有皇后一人，今夜便是杀皇后的好时机。"另一白衣男子发出憨厚的大嗓门应声道。两个人便计谋如何进入皇后内寝宫。吉虎大吃一惊，想挣脱出箱子，但又怕发出声响惊动了白衣人，便假装还在昏迷中。

等那俩白衣人双双离去时，吉龙迅速走至箱子前，救出了吉虎。吉虎脱险之余马上把所听之事告诉吉龙，一龙一虎便立刻展开救凤大事。为了赶在那俩白衣人先到皇后寝宫，吉虎从正面出击，吉龙因轻功了得，仍旧跟踪那俩

白衣人。

让吉龙大开眼界的是,大清国皇陵内有一暗道直通紫禁城,足足走了一夜,快至天明时,那俩白衣人突然停住了,吉龙模糊地听到有声响,是石板敲击的声音。好在皇陵离皇宫很远,吉虎已到皇后寝宫内一个多时辰,皇后知晓此事后甚是惊恐,但她是个足智多谋的人,便借计使了稻草人假装她模样睡在凤床上。四周布满了大内高手。那俩白衣人此时把石板移去,见两人轻功一点,飞蹿而上,吉龙尾随而上。上来之后,只听刀光剑影,原来上来的地方正是皇后凤床后面的地方,吉龙大声呵斥:"保护凤驾!"随着一刀落入凤床上的人儿,万箭也跟着刺向那两个白衣人。双手握剑的那个白衣妇人,啊的一声轻吟,手中刀剑落在地上,血也随即流了下来,另一白衣男子忙一边挡着乱箭,一边扶着快要倒下的白衣妇人,急喊道:"夫人,夫人……"只见倒在血泊中的白衣妇人紧拽着他的衣角吃力地说道:"沙狼,快走,快走,我已经不行了,带鹧鸪回到草原上去,快。""不,我一定得把夫人救出去。"此刻,吉龙吉虎飞奔过来,想活捉他俩。沙狼用尽全身之力抵抗吉龙吉虎。被四支箭射入胸前的白衣妇人正是那哈元生之嫡妻哈夫人,她自知必死无疑,于是拔下头上金钗,朝吉龙吉虎投去,啪的一声响,浓烟四起,哈夫人一推沙狼,沙狼身子往后一仰,进了先前上来的那个洞口,沙狼掉了

卷三十二 万民来朝

下去,哈夫人捂着胸口爬上了凤床,按下凤床上一个被隐藏的开关,刷的一声响,凤床左侧往左一翻,哈夫人顺着床沿滚了过去,等烟雾散了,吉龙吉虎见凤床上的白衣妇人已不在,那先前凤床后面的洞口也被堵了一块石板。知道已逃脱。便派几十名精锐士兵前去皇陵堵住各个门出口。

皇后富察氏后来知晓白衣刺客后,便加派大内高手护卫寝宫,自己也比平日小心。因知道皇上快回宫,便又惊又喜。惊的事自然不必多言,喜的事当然是皇上不但快要回宫了,而且在回宫前还用千里快骑捎来了书信一封。皇后迫不及待地打开书信,书信一共两页,满满都是她的皇帝丈夫的亲笔字,只见信中如此写到:

察儿,朕此次下江南,胜游钱塘明圣湖,识得一独特美味,待朕回宫,定命御膳房用它为你调制一碗羹汤,以慰察儿你为朕后宫琐事而身心操劳。朕曾有明圣一梦,日后说与你听,你定觉神奇,按那梦境,朕为这人间美味赐了一身二名,一名于宫廷使用,名曰"明圣湖莼菜";二名于民间,名唤"西湖莼菜"。

再有一事想与察儿你说的是,朕常与你聊起的宋仁宗。朕今身处的钱塘,曾是宋朝自开封后的临时都朝,自然是感概万千。察儿,你是知道朕素来喜爱宋仁宗。他对弱者同情,对世事宽容。既使他成了仁慈、善良的人,也成就了他为帝的绩业。在他一朝,使得文人处于最好的时代。

其文风之气亦是轻松,"唐宋八大家"之其中六人均出于他当朝时期。更为叹观的是,那个时期,不仅出大文学家,还出大政治家,出能臣,出大忠臣。如范仲淹、韩琦、文彦博和包拯等人物。

察儿,你说,朕治理的大清朝如何?朕是不是应该做好"儒家"帝王才是?

……

朕深感钱塘处处有南宋遗风,近日与讷亲等人商议开港之事,尤觉暂缓,并先来一个"万民来朝"的盛世!察儿,你在宫中可先准备庆贺大宴!

落款:儒家皇帝爱新觉罗·弘历

皇后富察氏读完书信,也不禁感叹:"皇上平生最佩服的三个帝王,除了皇爷爷康熙帝和唐太宗,那便是宋仁宗了。"她小心收藏好书信,望着桌上那棵翠绿的九里松,不由得回味起乾隆曾对她说的有关宋仁宗的一段佳话:

谏官王素曾劝谏宋仁宗不要亲近女色,宋仁宗对王素说道:"近日,王德用确用美女进献给我,现在就在宫中。我很中意,你就让我留下她吧。"王素说道:"臣今日进谏,正是恐怕陛下为女色所惑。"宋仁宗听了,虽面有难色,但还是命太监说道:"王德用送来的女子,每人赠钱三百贯,马上送她们出宫。办好后就来报。"讲完他还泪水涟涟。王素说:"陛下以为臣的谏言是对的,也不必如此匆忙办理。"

卷三十二 万民来朝

宋仁宗的厚德之风在古今帝王中真属罕见。不过，皇后天生敏锐，仔细琢磨了乾隆的书信，总觉得乾隆还有其他意思。正好参香过来，说是皇太后准备了御膳房新做的糕点，让她一起品尝，皇后也就忙着梳妆换衣。

卷三十三　　水中人参

乾隆在八十里梧园收到从宫中传来的皇太后懿旨，宣是请皇上赦了冯秋水，让她先回宫与朝鲜国使臣会面。乾隆知此事微妙，又因那晚临幸了冯秋水，正好皇太后要找冯秋水，便让方平安排此事应了皇太后派来的人。

不料，等方平向冯秋水说明此事后，冯秋水却不愿回京，写了一封信让方平回了皇太后派来的人，那人便带了冯秋水的信回了京城。

皇太后当着朝鲜国的使臣打开了冯秋水的信，只见信中写到："人生贵得适志，何能羁宦数千里，以要爵乎？"皇太后拿信给刚从江西回来的讷亲看，讷亲对历史诗词颇有研究，看了此信内容便知晓冯秋水的心意，便向皇太后说道："此句出于《晋书·张翰传》，意思是，张翰因见秋风起，乃思吴中莼羹、鲈鱼脍，便写下了这样流传千古

卷三十三　水中人参

的名句。冯秋水恐是不想回宫了。"

皇太后道："果真那莼羹比皇宫更吸引她吗？"而朝鲜国使臣见状也是疑惑，便禀明皇太后想去江南了解此情，以便回到朝鲜国可与郡主交代。"朝鲜国皇太后离世后，郡主便受太后之托关心留在大清国的冯秋水。皇太后应许了此事。于是，朝鲜国的使臣离开皇宫去了钱塘八十里梧园。

冯秋水在朝鲜国王宫里曾服侍过已故太后每日起居饮食，而朝鲜国宫廷菜肴也一贯沿袭中国古代中医养生之道。因此，冯秋水后来对西湖莼菜的做法也有她的独到之处。在八十里梧园，乾隆听方平回禀说冯秋水不愿回宫，还写了晋朝张翰的一首词，就寻了她的芳影，来到了厨房。只见冯秋水小心地在一群仆人堆中烧水煮汤，旁边有两个仆人还端着她清洗好的西湖莼菜。乾隆看着冯秋水认真地煮着西湖莼菜汤，有点好奇，心想："她煮的味道和嫘儿会有什么不同？还有谁能比嫘儿做得更好吃呢？"正巧这会儿，方平找乾隆找不着，到了厨房旁才瞧见乾隆在那儿站着，就小瞧了一会儿，就上前说："皇上，冯秋水做的西湖莼菜汤看上去也不错，待会儿做好了，奴才给您端过去。"乾隆见方平便严肃起来道："不必了。"便回了。

数日后，晚膳时，乾隆仍旧想要吃西湖莼菜汤，本来这个时候，是代嫘亲自煮好汤送过来的，这日，代嫘因觉得奇怪，好几日都不曾见到哈夫人，便去找鹂鸪了解情况，

便告诉方平晚膳不去伺候乾隆了。方平便趁机把冯秋水做好的西湖莼菜汤送到了乾隆的餐桌上,乾隆尝了尝,觉得味道和先前的不同。方平在一旁伺候,乾隆问道:"这次的汤里面有参味,莫非嬛儿在汤中加了人参?"方平是从冯秋水那里端来的,并不知晓有人参,所以也不能作答,便说去问问。乾隆以为方平去问代嬛,便让他去问了。方平其实是去问冯秋水,觉得皇上刚才吃汤的时候没有露出不快的脸色,便大胆地让冯秋水前去回话。乾隆后来才知这次的莼菜汤是由冯秋水做的。

冯秋水答:"昨日,奴婢的故乡,就是朝鲜国来了使臣大人,经皇太后允许,来八十里梧园看望奴婢是否安好,还带了朝鲜国盛产的高丽人参,奴婢见皇上平日特别喜爱吃西湖莼菜汤,于是奴婢便试着在汤中加入高丽人参,想让皇上尝尝,又恐人参不能乱吃,便向小方子问了皇上的龙体是否可以食用高丽人参,又向八十里梧园的药师询问了西湖莼菜与高丽人参一起做汤,是否可以共食,那药师尝了奴婢昨日做的汤,又核阅了医书,已确认它们可一起做汤,这才放心让皇上品尝。"说完,冯秋水低下头,等乾隆发话。

乾隆回忆起那日站在厨前一小会儿时瞧见冯秋水仔细做汤的情景,多了点小感动,便让冯秋水退了下去。

小方子看着乾隆开心地吃着西湖莼菜汤,便对乾隆禀道:"皇上,朝鲜国的使臣想拜见皇上。"乾隆便答应明日一早见。

次日一早,乾隆坐在九龙印峰坤大堂的紫檀双龙宝椅上,一朝鲜国使臣双膝跪地,致了祝福词后,乾隆帝让他一旁坐下。使臣谢赐座后,不由得向乾隆皇帝感叹西湖莼菜的美味,便向乾隆请求想带一些西湖莼菜给朝鲜陛下。方平此时对乾隆附耳道:"这次朝鲜国派使臣进贡珍宝一百件,瓷器三百件,高丽人参五百石……"乾隆让方平不要再报了,向朝鲜使臣道:"大臣可知这西湖莼菜汤的名字由来?"使臣听了一头茫然,乾隆开怀大笑道,"不急,等你要回朝鲜国时,朕会派大学士编册好有关西湖莼菜汤的故事赠予使团带给朝鲜国主。"使臣惊讶到大清帝国也对此物甚为器重,更觉得向乾隆帝说明要带此物回国的初衷是正确的。"多谢大清国的皇帝!这次,我们初尝了西湖莼菜汤后,认为它才是水中人参啊!"朝鲜国使臣称赞道。"哈哈,哈哈!好一个水中人参!可与曹雪芹的《石头记》里的'玉粒金莼'相媲美啊!"乾隆从紫檀双龙椅上起身,龙颜大喜!朝鲜国使臣和其他人也欢笑不止。

卷三十四　多重身份

话说代嫄到了鹧鸪那儿，向鹧鸪了解为何几日都未见哈夫人，鹧鸪本想隐瞒代嫄，只是知晓代嫄属善良之辈，便告诉代嫄哈夫人和沙狼已离开八十里梧园，只是不告诉哈夫人去了何处。

代嫄知晓后，便回住处，在盛开莼叶的池边，正迎面遇到了作诗的张居。"先生，不曾在这儿遇到了您。"代嫄望着张居道。"代嫄，是你啊。听闻你煮的西湖莼菜汤深得皇上嘉奖。你看，连明圣湖的莼菜都被你种到了八十里梧园来了！"张居说道。"我也是随了它的性。"代嫄回道。于是师徒俩往钱云阁走去。

乾隆这会儿正在九龙印峰坤，方平伺候左右，后面站了几个贴身护卫。

在钱云阁金水桥上，代嫄不小心扭了下小脚，张居心

卷三十四 多重身份

疼得忙搀扶了一下代嫘，代嫘觉得不能前行，张居于是帮她脱了鞋袜，还小心转动了她的脚腕。不料，乾隆在九龙印峰坤感觉闷，带了方平一路走到了钱云阁，正欲穿过金水桥，想去木兰亭里下棋，忽撞见了张居和代嫘这会儿的情形，醋意悄然升起。张居抬头望见乾隆，忙停下来拜见乾隆，代嫘也赶紧叫了声："皇上！"乾隆扶起代嫘，道："嫘儿，你要小心些，小方子，赶快传御医过来！"八十里梧园这会儿哪有御医啊，方平是何等机灵之人，知道这时不是较真的时候，忙应着跑去说是去叫御医。张居见状也感到自己站在那儿十分尴尬，便退了下去。

没想到乾隆拦住了张居，面无表情地说道："阿居，朕自登基以来，很少与你同乐，更不用说一起用膳，今日难得有空闲，与朕一起用膳如何？"张居怎敢推却，就应了下来。

这次用膳，正是午时，园内有些闷热。乾隆后面两个仆人不停地摇着芭蕉扇，代嫘身后也有仆人摇着扇子，只有张居身后无人也无扇。张居头上汗水涟涟，不知是这气候闷热，还是无人为他着扇。

乾隆先问道："你与哈将军嫡夫人是怎么相识的？"张居便一五一十地告诉了乾隆。其间，代嫘不小心摔落了酒杯，李德子此刻也在乾隆帝身旁，乾隆看见李德子，想起李德子的册子上记载了哈夫人在江西遇见代嫘，代嫘在

庐山白鹿洞书院好像因哈夫人有一段时日甚是不悦。正在乾隆疑惑之时，代嫃的那一个杯子摔落后，觉得代嫃有什么事情隐瞒。张居是个心思缜密之人，见代嫃掉了杯子，也不免想起曾在书院代嫃那可人模样儿。只是缘分捉弄人，不知为何当时他对哈夫人如此神交，竟辜负了代嫃对他的一往情深。好在代嫃此时深受皇上恩宠，也就压抑了对代嫃的朝暮情愫，勉强举起杯中酒，向乾隆和代嫃祝贺道："皇上，恕阿居斗胆，阿居觉得皇上对代嫃早已有爱宠之情，现祝二位花好月圆！"乾隆一听便开怀大笑："嫃儿听封，朕现封你为嫃美人。"乾隆趁着酒意对众位那样说道，方平和李德子便记了事，因代嫃不曾在宫中生活过，也不知这一句赐封将她和张居永远画上了句号。方平与李德子便拜见代嫃："嫃美人！"代嫃不胜酒力，有点头晕，便让丫鬟扶着回了房。

夜间，乾隆去了代嫃的厢房。

卷三十五　大结局再重华

乾隆带着代嫀等人告别了云淳大师回到了京城，紫禁城内，皇太后、皇后、讷亲等大臣们恭迎圣驾回宫，冯秋水倒留在了云淳大师旁，一方面潜心修佛，另一方面则用高丽人参和西湖莼菜一起做汤治病救人。

皇太后心疼皇帝儿子江南之巡花了几月时间，上上下下、左左右右地打量了乾隆一番，见乾隆没有消瘦，反而脸圆了一点，才放下心来，并吩咐皇后小心伺候乾隆。众人退下，只留皇后富察氏与乾隆两人。乾隆因心里有了代嫀，对往日恩宠有加的富察氏倒淡了些，富察氏觉察后也不闹，更关心备至。乾隆虽然心中感激，但仍想早点见到代嫀。因体恤代嫀第一次来宫里生活，也就不急着去寻她。

而皇太后知晓这次乾隆回宫后带了美人代嫀，便差人把代嫀叫了过去，代嫀受了乾隆美人之封，也就习了宫中

礼仪，见到皇太后，不卑不亢地跪地行礼，皇太后见代嫄长得清秀可人，一双黑眼睛透着善良的气韵，便赏了珠宝华衣给了代嫄。代嫄谢恩后回寝宫，乾隆已在等她。

过了五日，乾隆在大殿受大臣们朝拜，讷亲率领各支路禀告民间实事，而后由封蓄含率各位画师呈现考察民情时绘制的美图。此些里面，最为妙的当属封蓄含的杰作——《江南纯美》和那幅差点让乾隆龙颜大怒的《明圣湖仙子浴水图》。乾隆吩咐宫廷画班选取一回廊仔细把这些图中美景雕刻于柱子廊间。画师们遵命即日便行之。

而那哈夫人一案，乾隆知晓后交由军机处察明此事，后知，哈夫人乃娴妃之同母异父姐妹，因欲助娴妃登上后宫之位，便欲谋害皇后富察氏，哈夫人已死，便死无对证，好在经核查，此事与哈将军无关，便免了哈将军一职，发配鹧鸪和沙狼去了边疆。皇太后知晓后，除却了宫中这事也安心了不少，以她长年身居后宫，洞察明了，平日安好的后宫正是汹涌着险恶。她也智慧高人，用清黄杨木透雕灵芝如意巧妙地把心藏不正之人现了真面目，以免无辜之人受害。

当乾隆在代嫄寝宫里疑惑哈夫人一案时，代嫄虽对哈夫人的一死深感遗憾，但她也用那冰雪聪明的才智向乾隆解开了各种谜团，乾隆帝听了各种疑惑才慢慢消除。第二日，向皇太后再次了解实情后，废了娴妃。

春暖花开，花开春暖，几年过去，代嫃美貌依旧，心善如初，被乾隆加封贵妃。那时皇后富察氏因身体欠安，又深信贵为贵妃的代嫃善良仁爱，便把后宫部分实权交与了代嫃。代嫃因个性善良，不爱权贵，因此在宫中无得罪他人，又深得乾隆恩宠，在宫内平安地度过了一年又一年。

因朝鲜国使臣每逢来大清国进贡之时，乾隆都会让代嫃准备一些西湖莼菜交由使臣带回朝鲜国，于是，在朝鲜皇宫内食用西湖莼菜汤的传统习俗，后经朝鲜国又把西湖莼菜带入了日本。代嫃则在皇宫里花了不少时间研究西湖莼菜的特性，药用作用、保健功效等。

次年，冯秋水一身青衣来到紫禁城，经皇太后许可，入宫一日。代嫃在那日见了冯秋水，冯秋水耳语几句便离去。代嫃于是编写一册，其中也加了冯秋水对西湖莼菜和高丽人参一起煮汤的妙方。那损坏的《梅鹊图》也经冯秋水给了代嫃，等代嫃打开《梅鹊图》时，看里面有一小纸条，纸条里面叙述了云淳大师与冯秋水一起如何恢复《梅鹊图》的过程，才知晓除了千年的清黄杨木，莼菜汁也可以修复《梅鹊图》。代嫃小心收藏，把《梅鹊图》藏于后宫宝库中。

“清黄杨木透雕灵芝如意，嫃贵妃，你小心收藏于它。”见皇太后亲自把清黄杨木透雕灵芝如意交给代嫃手中，此时的清黄杨木透雕灵芝如意已丝毫没有破损的迹象，倒是看上去完好无损。代嫃知此如意有一段曲折的故事，深知

皇太后送此物与她的用意，便用鹅黄丝帕轻轻包起来，放入凤戏水莲叶檀木盒中，并放在凤床的第二个抽屉里。然而代嫇始终不知这枚清黄杨木透雕灵芝如意其实只是一个赝品，真正的清黄杨木透雕灵芝如意由皇后富察氏交还给皇太后手中后，皇太后一直在寻找如意头部上那两朵丢失了的"灵芝"，皇太后如此做的目的是：一是为了修复当年她从满箱子物什里筛选出来的清黄杨木透雕灵芝如意；二是她凤口已开，认定这清黄杨木透雕灵芝如意是祥瑞之物，如今这祥瑞之物不能完好无损，心里总不是个味儿，怎么说也要寻到那两朵"灵芝"；三是皇后富察氏久病后，对她曾坦言，御医细细推敲如意里的东国古传药方后，推测出那药引子可能是明圣湖里的莼菜。但若能寻到两朵"灵芝"，确信后才万无一失啊！最重要的是第四点，她曾借清黄杨木透雕灵芝如意排除后宫娴妃隐患，当年那位把如意带箭射进娴妃寝宫里的神秘人，便是她皇太后密养的武林高手，而这两朵丢失的"灵芝"是不是还另有隐情？皇太后虽常琢磨着，也终究未把实情告知代嫇。

后来，每逢中秋月圆时，代嫇便取之并在宫女的陪伴下，向明月祈祷。

乾隆不久便在八十里梧园新建了一座"重华宫"，与那紫禁城的重华宫如出一辙。乾隆每逢去江南，也把代嫇带去，一路欢歌笑语，在八十里梧园、明圣湖等地，更会过一段寻常百姓家的悠闲生活。代嬽便每次素衣淡妆，偶尔不经意会吟唱：

……

京师黄芽软似酥，家园燕笋白于玉；

羞堪与汝为执友，菁根杞苗皆臣仆。

……

乾隆听着代嬽婉转的小曲，也是才情四溢，写了下很多诗词供代嬽吟唱。最著名的一首是《嬽美人吟》曲：

纯纯无味倾君一世，八千里路重华再叙，明圣一梦太虚醉生，许你个莼舟，雨露个民间，粹！凤栖梧桐朝朝曲，天籁仙音飘海云，与嬽个你侬我侬，与嬽个千春日华，美人代笑颜！

词曲当时被乾隆巧妙地写在一莼叶儿上。代嬽用当时皇宫里进贡过来的西洋照相机拍下了那叶上的诗句，而后编成曲子。每当乾隆想此曲或者在吃西湖莼菜汤需要听曲时，他便让代嬽抚琴吟唱这首《嬽美人吟》曲。而西湖莼菜汤的文化也从清宫流传至海内外，在日本当时更是享有"水中人参"之美誉。

十年后。

"先生，有贵客到！"陈书兴跑过来对张居大声喊道。张居已是目不聪、耳不灵。"什么？听不到，再大声一点！"张居揉了揉双眼，也是大声说道。陈书兴只好再大声喊了

一遍。张居便淡淡地说道:"那你就让他们来鹿眠场见我!"陈书兴便依张居的意思把贵客带到了鹿眠场。

"先生,可还记得我啊?"代嫄着一身浅浅绿色绣服,身边只随了几个乔装的宫女和太监,近段时日她随乾隆重游明圣湖,因宁波海事紧急,乾隆日夜在九龙印峰坤处理海事政务,代嫄便趁机溜出来一路风雨兼行地来到江西白鹿洞书院,一见到往日才情横溢、气韵儒雅的张居变成如今这个老弱病残的模样,伤心地含着泪说道:"我是代嫄啊!"说完泪水哗哗地直流下来。

张居眼神空洞地望着眼前的这一行人,许久没有人来白鹿洞书院看望他了,他也习惯在山上懒逸地每天看日出日落,除了吃吃睡睡,与这鹿眠场的几头刚出生的小鹿别无他样。张居眼神木讷地移向了代嫄,倒认得代嫄模样,呆望着代嫄木木地说道:"代嫄,你说,大清的皇帝在这风清气爽的夜晚,能看到如此清新静怡的夜景吗……""先生,现在是大白天,不是夜晚,你看,你又在鹿眠场这儿说了。"陈书兴忽然打断张居的话,忙对代嫄说道,"贵妃娘娘,先生前两年生了一场大病,久病后便常常来这鹿眠场呆坐,一坐便是一天一夜,后来他在鹿眠场每见生人,便会把人家误认是您,接着便与人家聊起大清皇帝何等英明,还有什么五族人啊、什么第二日演五族人的戏啊。"陈书兴见代嫄转身抽泣,就不再继续说下去,便搀扶着张

卷三十五 大结局再重华

居坐在木墩上。

"鹿儿,快去!"代嫔牵住一位用黑纱花纹头巾从头顶披至肩下的曼妙少女含泪说道。名唤"鹿儿"的少女点了点头,对代嫔说道:"嫔妃娘娘,您放心回去,皇上在八十里梧园寻不到你,会很担心!这儿有鹿儿,鹿儿一定不负娘娘嘱托,一定会服伺好先生!"代嫔欣慰地对鹿儿笑了笑,从襟上取下丝帕轻轻擦拭了泪眼,不忍再看张居,头也不回地径直离去。"一个是红颜知己多薄命,一个是深在皇宫难相见!鹿儿,你叫鹿儿是吧!快拿酒来!"鹿儿和陈书兴惊讶地感到张居并非那么失去心智,陈书兴便拿来酒递与鹿儿,鹿儿接过酒,说是想与张居独处,陈书兴便留他们俩在鹿眠场。

张居大口大口地吃着酒,鹿儿不管如何相劝,张居还是喝了个醉!白雪纷飞,压住了梅树枝条,鹿眠场一片雪茫茫,张居连着四日都来这鹿眠场走走看看。有一日,雪还是下得很大,张居在鹿眠场走着走着,突然冷得浑身颤抖,扶着他的鹿儿,不停地与他说说笑笑,她的黑纱花纹头巾被一阵风雪吹落到了张居脸上,张居笨拙地用手捉住头巾,一个踉跄,跌倒在雪地里。

八十里梧园,乾隆从九龙印峰坤处理完海事后,便去重华宫寻代嫔,不见代嫔芳影,以为去明圣湖附近的古淳寺见云淳大师了,便带了几个护卫赶去古淳寺,后未寻到

代嬪，便只好怏怏不乐地回到八十里梧园。

　　代嬪回至八十里梧园，见乾隆已在重华宫一语不发地等她。代嬪问乾隆有何不悦，乾隆道："你去了江西？"代嬪听了低头不语。乾隆正欲摔门而去，忽见宫外太监急匆匆进来禀报："皇上，嬪妃娘娘，有飞鸽传报，说是江西白鹿洞书院的张居，刚刚离世！""离世了……"代嬪听太监如此禀报，如似晴空霹雳，一下子无力地倚在凤榻上。乾隆见状，对太监挥挥手，太监退下。

　　"生死由命。"乾隆神色逐渐温和起来，轻轻地扶住代嬪的香肩，代嬪依偎在乾隆怀里，静静地对乾隆说道："明日，我们回京城吧！"乾隆听着，嘴角露出暖暖的笑意。